▌兰州大学与甘肃中医药大学横向协作项目 项目编号 411000-971200066

▌兰州大学“双一流”建设资金项目之“丝绸之路语言文学文献与活态文化传承创新”项目

▌中央高校基本科研业务费专项资金资助项目 项目编号 2020JBKYXS002

全元诗涉医文化
文献辑要

丛 书 主 编　王海燕　庆振轩
丛书副主编　张志明　杨许波
本 书 主 编　周欣媛

蘭州大學出版社
LANZHOU UNIVERSITY PRESS

图书在版编目（C I P）数据

全元诗涉医文化文献辑要 / 周欣媛主编. -- 兰州 : 兰州大学出版社, 2020.5
（中国古代文学涉医文化文献辑要 / 王海燕, 庆振轩主编. 第一辑）
ISBN 978-7-311-05770-1

Ⅰ. ①全… Ⅱ. ①周… Ⅲ. ①古典诗歌—诗集—中国—元代②中国医药学—文化—文献—汇编—中国—元代 Ⅳ. ①I222.747②R2-05

中国版本图书馆CIP数据核字(2020)第064892号

责任编辑 锁晓梅
封面设计 王 挺

书 名 全元诗涉医文化文献辑要
中国古代文学涉医文化文献辑要(第一辑)
作 者 王海燕 庆振轩 丛书主编
周欣媛 本书主编
出版发行 兰州大学出版社 (地址:兰州市天水南路222号 730000)
电 话 0931-8912613(总编办公室) 0931-8617156(营销中心)
0931-8914298(读者服务部)
网 址 http://press.lzu.edu.cn
电子信箱 press@lzu.edu.cn
网上销售 http://lzup.taobao.com
印 刷 西安日报社印务中心
开 本 700 mm×1000 mm 1/16
印 张 18.75(插页2)
字 数 251千
版 次 2020年5月第1版
印 次 2020年5月第1次印刷
书 号 ISBN 978-7-311-05770-1
定 价 48.00元

总 序

不为良相且良医

中医药文化源远流长，博大精深，毛泽东在1958年给卫生部的一份报告的批示中写道：中国医药学是一个伟大的宝库，应当努力发掘，加以提高。而我们对于这个“宝库”的认知，是从撰写“苏轼与医学文化”的系列论文不断加深的。

面对浩瀚汪洋的“苏海”，我们从“苏轼与医学文化”这一独特角度入手，在搜集苏轼相关诗文后，撰写了《千金不换囊中术，上医元自能医国——苏轼与医学文化探论之一》《胸次岂无医国策，囊中幸有活人方——苏轼与医学文化探论之二》《卫浴·养生·浴德·净心——苏轼与沐浴文化探论》三篇论文，并先后在苏轼研究学人会第十九届、第二十一届年会发表。“苏轼与医学文化”系列论文受到学界同行关注并给予好评，第二十三届苏轼研究年会常州会议即将苏轼“养生、医学文化”列为会议议题之一。

我们对于“苏轼与医学文化”的探研主要从三个层面展开：苏轼的医国之志、医国之能与毕生的努力奋斗。苏轼在其一生的政治生涯中，有意识地将医道医理与治政之道结合，以医喻政，针对现实政治，在仁宗朝、神宗朝、哲宗朝不同时期，因时因事，对症下药，雄论堪医国，形成其论政为文的独特风貌。

忠言似药偏医国，苏轼的医国之言见赤诚之心亦见其对于现实政治的深刻剖析与真知灼见，且医道与治国之道、医理与政见水乳交融。要言不烦，成为议政论证之佳作。如其《盖公堂记》写道：

> 始吾居乡，有病寒而咳者，问诸医，医以为蛊，不治且杀人。取其百金而治之，饮以蛊药，攻伐其肾肠，烧灼其体肤，禁切其饮食之美者。期月而百疾作，内热恶寒，而咳不已，累然真蛊者也。又求于医，医以为热，授之以寒药，旦朝吐之，暮夜下之于是始不能食。惧而反之，则钟乳、乌喙杂然并进，而瘭疽痈疥眩瞀之状，无所不至。三易医而病愈甚。里老父教之曰："是医之罪，药之过也。子何疾之有？人之生也，以气为主，食为辅。今子终日药不释口，臭味乱于外，而百毒战于内，劳其主，隔其辅，是以病也。子退而休之，谢医却药而进所嗜，气完而食美矣，则夫药之良者，可以一饮而效。"从之，期月而病良已。
>
> 昔之为政者亦然。吾观夫秦自孝公以来，至于始皇，立法更制，以镌磨锻炼其民，可谓极矣。萧何、曹参亲见其斫丧之祸，而收其民于百战之余，知其厌苦憔悴无聊，而不可与有为也。是以一切与之休息，而天下安。(《苏轼全集校注》，第1079页)

而为萧、曹建言"治道贵清静而民自定"者即盖公也。洪迈认为："是时熙宁中，公在密州，为此说者，以讽王安石新法也。其议论病之三易，与秦汉之所以兴亡治乱，不过三百言而尽之。"(《容斋五笔》卷四《东坡文章不可学》)而"以医为喻，起尽议论，却将正意一证"(茅坤《苏文忠公文钞》)。

尤为令人感佩的是，苏轼一生抒写胸中医国之志是其诗文创作的自觉追求，所作诗文要"皆有为而作，精悍确苦，言必中当世之过，凿凿乎如五谷必可以疗饥，斷斷乎如药石必可以伐病。"(《凫绎先生诗集序》)在东坡的政治追求中，古今良相即良医，所以在唐代贤相中他最为尊崇陆贽的医国之术。

元祐八年（1093）五月，在《乞校正陆贽奏议上进札子》中针对时政再一次对症下药，略谓：

> 窃谓人臣之纳忠，譬如医者之用药，药虽进于医手，方多传于古人。若已经效于世间，不必皆从于己出。
>
> 伏见唐宰相陆贽，才本王佐，学为帝师。论深切于事情，言不离于道德。智如子房而文则过，辩如贾谊而术不疏，上以格君心之非，下以通天下之志。但其不幸，仕不遇时。德宗以苛刻为能，而贽谏之以忠厚；德宗以猜疑为术，而贽劝之以推诚；德宗好用兵，而贽以消兵为先；德宗好聚财，而贽以散财为急。至于用人听言之法，治边驭将之方，罪己以收人心，改过以应天道，去小人以除民患，惜名器以待有功，如此之流，未易悉数。可谓进苦口之药石，针害身之膏肓。使德宗尽用其言，则贞观可得而复。

苏轼与吕希哲等人认为陆贽奏议"聚古今之精华，实治乱之龟鉴"，期望其"必能发圣性之高明，成治功于岁月"。但对于已成见在胸的哲宗而言，苏轼们的良苦用心，他"听而不受，受而不信，信而不行"，历史已经走到了新的转折点。

于是"知其不可为而为之"的苏轼，于《朝辞赴定州论事状》中再一次告诫哲宗：

> 臣又闻为政如用药方，今天下虽未大治，实无大病。古人云："有病不治，常得中医。"虽未能尽除小疾，然贤于误服恶药、觊万一之利而得不救之祸者远矣。臣恐急进好利之臣，辄劝陛下轻有改变。故辄进此说，敢望陛下深信古语，且守中医安稳万全之策，勿为恶药所误。实社稷宗庙之利，天下幸甚。

尽管此时肺腑之言，对于哲宗已如秋风之过耳，全然不起作用，然而苏轼以医喻政的拳拳爱国之心铭刻在历史上，其系列雄文为后人珍视。正是从相近角度考虑，韩昌箕精选了苏轼策论百篇，并高度评价说：

> 东坡先生集中所著策论一百余篇，羽翼经史，阐析理道，近裨时务，远备边功，当时仁庙读之，未尝不叹为奇才。至其因时制宜，视病发药，在嘉祐则务变更，在熙宁则务安静，在元祐则主免役，一是之从而不徇人为爱憎。仁人之言，其利溥矣。（韩昌箕：《苏文忠公策论选叙》）

其言苏轼不同时期的政论、策论“因时制宜，视病发药”，匡救时弊，利在天下，是很中肯的评价，也表明了苏轼“上医医国”的目的所在。正因为苏轼的医国之志与医国之能蕴含于胸中而外化为诗文，出自苏门在诗坛与苏轼并称“苏黄”的黄庭坚对于东坡充满了政治上的期待，赋诗曰“诚求活国医，何忍弃和缓”（《见子瞻灿字韵和答三人四返而愈崛奇辄次其韵寄彭门三首》之三《黄庭坚诗集校注》，第912页）。

面对“苏海”，时有钦服敬畏之感，探究东坡医学文化思想，更增加了这种感觉，因为收集检索相关资料，苏轼相关文字的丰富内涵，给予我们多方面的启示，翻检东坡诗文集，其所涉及医学文化方面的篇目多达二百余篇，其关涉面之广泛，令人惊叹，诸如名医传记《蜀名医张玄隐》《单庞二医》等；有“上医治未病”的诸多养生文字，如《论养生》《问养生》《续养生论》《记道人养生语》等；有“中医治欲病”之《书济众方后》《圣散子叙》等；有验方的收集和介绍如《裕陵偏头疼方》《枳枸汤》《治齿痛方》等；有药物药性之观察研讨如《苍术录》《苍耳录》《益智录》等。苏轼所辑验方、秘方部分留存在《苏沈良方》中，泽惠后世。纪昀《四库全书总目题要》高度评价说：

> 轼杂著时言医理，于是事亦颇究心。盖方药之事，术家能习其技而不能知其所以然，儒者能明其理而又往往未经实验。此书以经效之方而集于博通物理者之手，故宜非

他方所能及矣。(《苏沈良方提要》)

尤其要指出的是，探讨东坡医学思想，反复品味东坡相关文章，往往陶醉其中。其治国宏论，笔力雄健，痛陈时政，敢为危言，然以医喻政之作，或将医案娓娓道出，或将病象绘描其中，病象昭然，理义自明，理寓事中，使人警醒。所以后人给予相关文章高度评价：

东坡作文，如天花变现，初无根叶，不可揣测。如作《盖公堂记》，共六百余字，仅三百余字说医。(《室中语》)

阅读东坡此类著述，其充溢的独特个性魅力，令人难忘。《墨宝堂记》中说："蜀之谚曰：'学书者纸费，学医者人费。'此言虽小，可以喻大。世有好功名者，以其未试之学，而骤出之于政，其费人岂特医者之比乎?"可谓入木三分，有意为政为医者当书之座右。

东坡的医学文化思想，融入了他在复杂的社会经历中的人生感悟，由事见人，文如其人，使读者从一个独特的角度加深了对东坡的认识。茅坤《苏文忠公文钞》卷三十八曰："《药颂》多旷达旨，从徙南海得之。"周寿昌《思益堂日札》卷七亦曰：

《土谚》谚云："医病如治民，防病如治军。"语最有味。古人名医，曰和、曰缓，知此术非可躁急行也。若养生，则节嗜欲，慎起居，全在坚忍有制，必如东坡《养生论》所云："如商君法，如孙武令"，而后得也。

东坡的医学文化思想中，无论是以医喻政，还是医人施药，都充溢着医者仁心：为苏颂介绍名医；为友人详细介绍药方；即使那位不知名的乡人，他也拿出了家藏秘方，并详加说明(《书药方赠民某君》)，甚至还有《乞医疗病囚状》的奏议，非特为亲友而已。其心可鉴，其情可感，其人可敬，由是之故，陆游在《跋东坡问疾帖》中由衷赞叹：

东坡先生忧其亲党之疾，委曲详尽如此，则爱君忧国之际可知矣。其曰"勿使常医弄疾"，天下之至言。读之使人感叹弥日。

由东坡相关文字记载，我们可以感知在特定时代特定的家庭中，掌握熟悉一些医疗常识的重要性。其《治暴下法》曰：

> 欧阳文忠公尝得暴下，国医不能愈。夫人云："市人有此药，三文一帖，甚效。"公曰："吾辈脏腑，与市人不同，不可服。"夫人便以国医药杂进之，一服而愈。公召卖者厚遗之，求其方，久之，乃肯传。但用车前子一味为末，米饮下二钱匕。云："此药利水道而不动气，水道利而清浊分，谷藏自止矣。（《苏轼全集校注》，第8415页）

参之以宋人关于苏轼载记的《圣散子》方药疗效的争议，可以明确感知，中医之辨证施治，因人而异，当有南北地域、男女长幼、春夏秋冬、富贵贫贱之考究。普通民众了解一些医药知识，对于医治疾病，可以事半功倍。我们从陆游《山村经行因施药》诗中也看到了在特定的历史条件下，老百姓对于了解一般医药知识的渴望和需要：

> 逆旅人家近野桥，偶因秣蹇暂消摇。
> 村翁不解读本草，争就先生辨药苗。
>
> （陆游著，钱仲联校注：《剑南诗稿校注》，上海古籍出版社1985版，第3673页）

"横看成岭侧成峰，远近高低各不同。"正是在这种持续的学习研讨中，对于"苏学""苏海"的博大精深叹为观止，对于渊深的医学文化叹为观止。高山仰止，景行行止。虽不能至，然心向往之。然而文章草成之后，再反复阅看东坡涉医诗文，面对其蕴含的丰富的中医药文化知识、渊深的思想内涵、独到的人生体味，总有意犹未尽之感。于是由东坡涉医诗文而及两宋相关文学文献，由两宋而上溯秦汉下及明清，理清了探研中国古代文学涉医文化文献的基本思路。

中医药文化由于根植于博大精深的传统文化，因此具有文史哲兼容的特色，医学与军政、医学与文学、医学与哲学、医学与现实生活联系紧密，有许多有待我们思考研究的丰富内涵。其中尤为引人瞩目的是，文人尚医，医者善文，历朝历代，多有其人。早在先秦典籍《国语·晋语》中即有“上医医国，其次疾人，固医官矣”的说法；汉代《淮南子·说山训》亦云：“良医者，常治无病之病，故无病；圣人者，常治无患之患，固无患”，于是至宋以后“不为良相，即为良医”成为文士的人生理想。文人尚医，医者善文，医理与文理相通，一个崭新的路径由此出现。当我们变换思路去研究“文人尚医”的特殊现象，发现一些著名文人的诗文集中有大量涉医之诗文，而当我们再翻阅医者善文的著述，也叹服其议论卓越，文采斐然。文士论医、医者著文，既是研究中医药文化的重要史料，同时又有着多方面的研究价值。

但长期以来，由于研究者视野所限，研究文史者多忽略文人笔下丰富“医论”和大量的医学文献资料，而研究医学者，亦多关注医学科学本身，而忽略医学文献的文学蕴涵，以至于长期以来“古代文学涉医文化”的研究较少有人涉足。

在文献整理方面，中医药研究者所编《中医药文献汇编》《中医古籍珍本集成》《海外回归中医古籍善本集萃》等收集皆为医药专著，文学研究者编有历代诗、词、文、赋总集，但极少有涉医文学文献的整理。直到1988年，陈御风等编纂了《历代笔记医事别录》，方药中先生在序言中高度评价了此书的价值，认为该书“收录唐宋元明清历代笔记杂著中之医学资料，类分医事制度、经典训释、医学文献、医家人物、医学通论、养生导引、医林轶闻及内外妇儿临床各科十七门，都为一秩，撷英采华，洋洋五十万言，蔚为大观”，并期望相关文献整理有系统全面的发展：“盖以中国医药学确乎为一伟大宝库，其系统载述于历代医药专业文献者固多，散见于文人笔记、稗官野史、各类小说等非医药文献者亦复不少，若能于历代非医药文献中就有关医药资料加以整理，博采旁搜，则必能聚沙成塔，集腋成裘，弥补现有专业文献之不足。对此，前贤识此者固有人在，然脚踏实地从事此项工作者则不多。今陶君等能欣然任此以启其端，当是一好事，亦是一大事。”然而自陶御风先生等所编纂大作问世之后，嗣响寥寥。时至今日，历代笔记整理出版成果累累，但无系统整理其中涉医文献之成果。历代诗词文赋涉医文献更多，但也少有人问津。

在学术研究方面，刘晓林《中医文化与古典文学》（1999）出版之前，关注中医与文学的研究成果寥寥无几，且为泛言二者关系。刘著探讨了中医文化与古典文学契合的深层文化原因，并对一些具有代表性的古典文学作品和医学著作进行了分析，具有开拓之功。王水香、陈庆元《古典文学与中医学》2007年5月出版。其关注点有三：诗词、曲赋、笔记、散文、戏曲、小说、神话中医学对古典文学的影响；对中医学名著文学意味进行探究；从著述、实践、思想、交流等层面探讨医家通文、文士知医现象。

台湾学者皮国立著《国族、国医与病人——近代中国的医疗和身体》是一本论文集，涉及中医药文化研究的多个方面，诸如对中医的批判和对中国国民性批判的关系；医人与医国、身病与心病的关系、近代名人与中西医之争等等。

综观目前相关研究成果，我们发现传统中医药文化与文学的研究存在两个问题，其一是传统医学医药文献资料搜集相对完备，但对于医学文献的文学蕴涵研究相对欠缺；其二是学术界已经关注中国古代文学涉医文化的研究，但对于历代文学涉医文化文献的整理搜集相对欠缺，研究力量薄弱，研究方法单一，缺乏系统的、多元的综合研究，很多重要作家作品尚未有人注意。故而缺乏系统全面深入的研究探讨，在这一领域还有比较广阔的研究空间。为了整体把握中医药文化与古典文学研究，课题组成员反复论证，确立了“中医药文化与中国古典文献研究”这一具有交叉学科特色的协作研究课题。

“中医药文化与中国古典文献研究”既为中医药、中国古代文学、中华传统文化研究提供翔实可靠的文献依据，同时又是传承发展中医药事业、弘扬中华优秀传统文化的具体举措。

“不为良相且良医”，文士论医、医者著文，多以医论政、以医论军、以医论世、以医寓理、以医论事等，通过对中医药文化与古代文学进行综合研究，有助于深入了解不同历史时期政治、军事、经济、社会变革、士人思想、文学嬗变等，对于深化拓展传统医学文化、古典文学的研究，具有推动作用。

“中医药文化与中国古典文献研究”最终成果为两个系列，即“中国古代文学涉医文化文献辑要”系列和“中国古代文学涉医文化文献研究”系列。

“中医药文化与中国古典文献研究”合作项目受到甘肃中医药大学和兰州大学有关部门的重视和大力支持，在“中国古代文学涉医文化文献辑要”第一辑（五卷）即将由兰州大学出版社出版发行之际，谨在此向甘肃中医药大学、甘肃中医药文化传承发展中心，向兰州大学社科处、宣传部、文学院以及兰州大学出版社表示衷心的感谢！

“中医药文化与中国古典文献研究”编委会

二〇一九年八月

前　言

文学与医学的联姻古已有之。古典文学作品中蕴含着丰富的医学元素，不仅拓展了文学表达视野，加深并扩大了作品本身的内涵与张力，亦不断升华着文学创作的思维模式与艺术方法，促使医文互通成为文学批评史上一个重要的文化现象。在这一背景下，孕育产生出了“涉医文学”这一概念，即创作内容或形式涉及中医药知识的古典文学作品，它既包括以中医药为题材，或内容中包含中医药知识的作品，还包括用中药名词术语为语汇创作的药名诗文等。[①]中国古典文学作品种类繁多且各具时代特色。以诗歌为例，自《诗经》伊始，历代诗作中皆可发现一定的医药学元素，对丰富诗歌创作的基本语汇以及表现作家作品的思想及作品本身的内涵具有重要的建设性意义。文学作品是时代发展的产物，一定历史时期内的文学创作往往反映着整个社会及与之相关的政治、经济、军事、教育、医学、文化等方面的发展状况，因此可补正史之不足。从这个角度而言，涉医诗歌中所记载的丰富的医药、医理、疾病、养生等内容具有重要的历史文献价值和文学研究意义。元代是中国历史发展进程中一个较为特殊的时期，元代涉医诗歌创作也呈现出不同于前代涉医诗歌的新特点。对特定时期内诗歌中的涉医内容予以集中、有序的编排，可补充中医史料之不足以及向后续的文学研究工作提供

① 关于涉医文学的基本概念，最早见于由陈庆元、陈贻庭合著的《古典文学与中医学》一书。其后在涉医文学相关研究领域内，对于这一概念的界定与指设，基本以此为标准。特此说明，本书对于《全元诗》中涉医诗歌的挖掘整理，基本沿用这一概念。除此之外，因病抒情的诗歌以及写病中感怀一类的作品属于医学心理学的范畴，故在进行编纂和统计的过程中，将这类诗歌也纳入其中。

文献资料方面的支持，因此，这项工作的开展本身就具有一定的积极意义。

一、元以前涉医诗歌的发展演变

先民在同自然相处的过程中，不仅获取了生产和生活所需要的基本物质资料，也逐步开始对药草、疾病以及卫生保健等领域有了初步的感性认识和经验积累，这一现象最早在《诗经》中便有所反映。据相关统计，《诗经》中直接记载的药物就有一百余种，随着时代的进步和人们认知能力的提高，其中很多本草的药用价值被不断发掘，由后世历代医家详列在各类医籍、医著中，被沿用至今，成为人们疾病诊疗的首选。如“采采芣苢，薄言采之”（《周南·芣苢》），芣苢即车前子，为多年生草本植物，具有清肝明目、清肺化痰之效；再如“中谷有蓷，暵其干矣”（《王风·中谷有蓷》），蓷即益母草，是活血调经的良药，《本经》将其列为上品；另有卷耳，“采采卷耳，不盈倾筐”（《周南·卷耳》），即苍耳，是菊科一年生草本植物，具有发表解热、益气明目之效。另外，还有虻（贝母）、葛（葛根）、芩（黄芩）、唐蒙（菟丝子）、蕨、薇、萱草、木槿、白蔹、荷花、桃等，不下百余种。除对本草药物的记载外，《诗经》中还出现了古代疾病的病名及证候的记录，“有瞽有瞽，在周之庭”（《周颂·臣工之什》），“瞽”即盲人；另外还有“瘨我饥馑，民卒流亡”（《大雅·召旻》），“瘨”在这里解释为灾病，实际上指一种名为癫狂的疾病。除此之外，还录有噎（气息不利）、矇（失明）、瘼（结核病）、闵（伤痈）、疚（心忧之病）等诸多病名及病症，虽然只是对某种病名的简单记录，就文学艺术而言，抒情价值并不高，但却反映了古人对疾病的初步认识。养生和卫生保健在《诗经》中亦有了初步的体现，以食养为例，古人从食物中发现了可预防且治疗疾病的成分和方法，因此有了药食同源之说。《诗经》中多次提及五谷、五果、五畜及五菜，限于当时人们的认识水平，这些食物的药用价值尚不十分明确，作品中仅仅提及其名称，或将其作为语汇融入创作中，但经过历史的积淀和实践检验，其药用价值才得以被挖掘利用。在个人卫生方面，已有“予发曲局，薄言归沐”（《小雅·采绿》）之说，时人已有主动清洗头发的举动，说明注重卫生和健康的意识开始产生。总之，《诗经》中的医药和疾病描写是先民真实生活状况的反映，此时的药物名称和病名被引入诗歌领域多是一种无意识的自然创作。

《离骚》中“香草美人”的比兴手法被后世传颂，其中香草就属于中药的一个类别，其中提及的香草有白芷、辛夷、桂、佩兰、菊花、杜衡、山药等十五种，香草作为一种语汇被融入诗歌中，不仅反映了当时的医药水平，还有力地渲染了艺术氛围，为诗人抒情创造了有利条件。秦汉时期的涉医文学尚处于萌芽阶段，与当时的医学发展水平相应，诗歌中偶见的求仙、服药之作以及所反映的长生思想，都与东汉末年佛教的传入有一定的关系。以《古诗十九首》为代表的汉乐府中充满了对人生短暂的哀叹和长生求仙的渴求，“人生天地间，忽如远行客”（《青青陵上柏》），“人生忽如寄，寿无金石固”（《驱车上东门》）都体现了时人愿得长生的生命观和对死亡的恐惧心理。

与文学创作呈现自觉的特点同步，魏晋南北朝时期的涉医文学也步入了主动、自由的探索阶段，此时，专门描写药物、采药和疾病的作品出现了。始于南北朝的药名诗成为一种常见的题材，即直接将药名嵌入诗歌中，作为诗歌文本的主要语汇。这一创作首见于沈约、王融，后相继有梁元帝、王徽、谢朓、郭璞等人争相模仿。沈约《丰和竟陵王药名》中出现了丹草、合欢、连翘、射干、辛夷、爵林等二十多种药名，诗人采用谐音手法，起到营造深冬凄凉景象的作用。王融《药名诗》用嵌入其中的八种药名作为描摹皇宫森严威仪气象的手段，起到一语双关的作用，其中提到的药名有重台、陵泽、石蚕、秦芎、神草、夜光等八种。直接以药名为题，或描摹本草性状，或吟咏其价值功用的作品也不在少数，如《芙蕖诗》《咏蔷薇诗》《咏女萝诗》《咏百合诗》《款冬赋》《芣苢赞》等等。此外，涉及采药、制药的作品也逐渐增多，郭璞的《游仙诗》中提及“采药游名山，将以救年颓”，吴均的《采药大布山诗》曰：“我本北山北，缘涧采山麻。”这一时期，社会动荡，战争频繁，各类疾疫流行，人们易感生命的可贵与脆弱，书写疾病及病中心态变化的诗歌开始萌芽，这其中暗含着时人对疾病的恐惧和一种沉重的生命意识。王秀之在《卧疾叙意诗》一诗中写道：“疾药虽一途，遂以千百虑。”感叹疾病给人心理上带来的痛苦与压力。当然，也有表现症状减轻后的心情，如梁简文帝的《喜疾瘳诗》，诗人卧病在床却思绪万千，幻想自己置身于绿茵长畔，或登山采药，或求医访仙，渴求延年益寿，希冀通过求仙来缓解疾病带来的痛苦，获得心灵的慰藉。养生诗兴起的背后是强烈希冀求得长生的愿望。这一时期，随着佛教的传入和兴起以及道教的发展，其中一些具有影响力的观点也开始汇入医学思想体系中。佛家讲求清净，主张祛奢寡欲，再加之魏晋士人崇尚清谈，玄学风气浓厚，士大夫求法于道家，炼丹服食蔚然成风。谢朓《和纪参军服散得益诗》中就曾提及服散的功效：“金液称九转，西山歌五色。炼质乃排云，濯景终不测。云英谁可饵，且驻羲和力。能令长卿卧，暂故遇真识。”时人认为服散可以使人容光焕发，青春永驻。至于服散是否具有积极的养生功效，尚待考究，但这类诗歌却体现了一种原始朴素的养生观。这一时期的涉医文学开始进入自觉创作的阶段，由于宗教观的植入并受时代风气的影响，诗人们开始积极寻找文学创作的基本素材，并将目光投放至医学领域，为这一时期的文学领域尤其是诗歌创作注入了新鲜血液，带来了崭新活力。

唐宋时期是涉医文学开始进入繁荣局面的时代，由于医学自身的进步及人们实践经验的积累和认知能力的提高，对药物的掌握和利用水平也有了相应的提升，涌现出了大量包含各类本草药物的种植采集、加工炮制、收售利用等内容的作品。此种题材的作品所涉诗人之广，数量之多，不在此列举。若从药物的分类和利用上看，按照内容可划分为种药采药诗、咏药赠药诗、煎药服药诗、卖药寄药诗几类。诗人们不仅描摹了药物的形态、性状、功用，还介绍了适宜药物生长所需的自然条件，或展现种药采药时怡然自得的心境，或借药性以生发、传递自身的喜怒哀乐，抑或借此浇胸中之块垒，宣泄在仕途上的不得志。值得注意的是，这一时期的咏药诗不单书写药物的形态功效，诗人们还从欣赏和实用的角度出发，同时赋予其艺术审美之情趣和宣传中医药知识的作用，较具代表性的有皮日休的《谢友人惠人参》，王维的《山茱萸》，白居易的《山枇杷》以及苏轼的《小圃五咏》等。一些药物因本身形态之优美，具有较高的观赏价值，再加之名称高雅，往往引得文人争相描摹吟咏，不失为一种生活情趣。况且药物的发现和利用还和祛病健身有着紧密的联系，诸多文人身兼医者的身份，他们将习得的药物知识融入文本，通过诗歌这种广为传播的艺术形式加以宣扬，可大大提高药物的知名度，从而间接达到治病健身的效果，这也是不同于前代咏药诗的一大新变。相比魏晋南北朝时期，唐宋疾病诗无论从规模还是种类上都略胜一筹，有专门讲述疾病症状的，如白居易的《足疾》，舒岳祥的《幽济》，苏轼的《赠眼医王彦若》以及陆游的《龋齿》等等，种类开始向以五官科为代表的多样化形式发展。值得一提的是，这一时期开始有诗人用诗歌的形式叙写病因病理并介绍疾病治疗方式，如舒岳祥的《赠医博士范心斋》解释了疾病产生的原因；白居易的《病疮》在描写病症的同时还阐述了医理；范成大在《灼艾》一诗中还介绍了艾灸治病的方法。随着时代的进步及文学自身发展的要求，唐宋时期的涉医文学开始呈现出欣欣向荣的发展趋势。文学尤其是诗歌中的涉医内容逐渐丰富，诗人们对于药草和疾病的叙写不单是将之作为一种基本语汇融入其中，同时也体现了唐宋盛世下文人们的生活情趣和对自身健康的主动关注，使得诗歌不仅从侧面体现了当时医学的发达和文人较高的医学素养水平，同时也彰显了涉医诗歌的抒情价值。

二、元代涉医诗歌创作与研究概况

与前代涉医诗歌相比，元代涉医诗歌创作呈现出诗人身份及民族成分构成复杂，作品内容丰富多样、内涵深刻细致，所涉及的医学领域覆盖面广等特点。这是特定时代背景、文化氛围与医学发展的产物，同时也是我们需要重视的几个方面，值得进一步的挖掘和探讨。

元代涉医诗歌的创作主体身份构成多样，除传统的学者、官员外，还有遗民诗人群体以及宗教人士。元朝初年，一批由金入元及由宋入元的诗人隐居不仕，创作了大量感伤述怀类诗作，其中以疾病抒情者居多，这批诗人有王圭、方夔、马臻、艾性夫、朱思本、陈深、何中等人。他们当中的一些人面对旧日山河不复，仕路无门，故往往隐居不出，创作视野和素材因此受到限制，加上一些诗人自身健康状况不佳，此时，疾病就成了他们创作的灵感来源。这类诗歌往往以记录诗人的患病状况或通过描摹景致来叙写患病后的心理状态为主，艾性夫的《病中闻雁有感》，陈深的《病起述怀》，朱思本的《芗溪卧病》皆是这类诗歌的代表。诗人们因身体欠佳，连日来只能卧床休养，百无聊赖之际，通过诗歌来记录疾病给身体带来的痛苦和压力，以此宣泄心中的苦闷失落。另外，宗教人士涉医诗歌创作也呈现出鲜明的时代特色，元代统治者施行了一套宗教信仰自由的政策，除传统的佛教和道教外，还有由中亚传入的伊斯兰教、欧洲的基督教等，统治者采取开放包容的态度，使得各宗教得以自由发展，这也为宗教人士的文学创作提供了宽松便利的环境。元初，以丘处机为首的全真道教发展迅猛，全真道教提倡静心养性，除情祛欲，以达到真性不灭之境界。其采药炼丹、静心修养的养生理念也在诗歌中有所体现，如丘处机的《示众》《修道》，尹志平的《修行五更颂》《樊山先天观作》等。佛教领域，释道惠的《谢罗医士疗疾》《送医僧古禅末上人》，释来复的《味澹斋为沈炼师题》《送儒医陈仲靖还天台》《朴庵为刘太医赋》不仅体现了僧人具有一定的医学素养，还反映了当时医僧之间往来成风的社会现象。

从有诗作流传至今的诗人的民族成分构成来看，除汉族诗人外，还有蒙古族诗人萨都剌、月鲁不花、伯颜、泰不华、聂镛等；契丹族诗人耶律楚材、耶律铸；色目诗人丁鹤年、马祖常、雅琥、薛昂夫、高克恭等人；女真族诗人兀颜师中、夹谷之奇以及畏兀人偰逊和西域人蒲寿宬、迺贤等。作为中国历史上第一个由少数民族建立的统一王朝，元代疆域辽阔，国内外经济文化交流空前活跃，各民族之间的往来互动，无一不促使着汉族以外的少数民族诗人加入文学创作之中。诗人群体民族构成的复杂多样，为诗歌创作增添了新的内容及语汇，这一现象同时也体现在涉医诗歌创作中。蒙古族诗人萨都剌的作品多归隐赋闲，尤其是病中感怀诗如《病中杂咏七首》《病中书怀二首》《病中夜坐》等将患病后的生活状态和心理活动通过对自然景物的描摹展现出来，体现了作者极佳的汉文应用水平与诗歌创作能力。畏兀族诗人偰逊在《病歌行》一诗中不仅记录和反映了自身患病后的生活和心理状态，还在其中写到患病的原因是“始因风热作牙疼，投以清凉遂脾湿”，症状为“气结腹鸣隔有痰，肉黄骨见支无力。神昏但觉语艰难，食小非关事烦剧。”诗人健康欠佳，患病由来已久，说道：“前岁金陵卧竹床，瘧利三秋貌如漆。去年肺气常州馆，寒热奚翅过百日。”这是对当时病症病状的真实记录，体现出诗人一定的医学素养水平。契丹族诗人耶律楚材在《赠高善长一百韵》中就以医术比拟治道：“医术与治道，二者元一方。武事类药石，文事如膏粱。膏粱日日用，药石藏巾箱。一朝有急病，药石施锋铓。”并以甘草、大黄两味中药的药性说明文臣武将的政治职能和功用：“国老似甘草，良将比大黄。一缓辅一急，一柔济一刚。”五脏六腑中胃占据主导，胃的健康与否直接关系到生命的安危，而朝廷在国家长治久安中的作用就相当于胃在人体中的功能。“四时胃为主，端居镇中央。朝廷天下本，本固邦家昌。”强调的是未病先防的道理，正如人君要防小人一样，说道：“未病宜预治，未乱宜预防。贼臣弑君父，祸难生萧墙。”从以上所举例子可以看出，对疾病的叙写已是元代一些少数民族诗人开始涉足的领域，其中不乏详细的病因病症解释、病况病状描述以及用疾病来比拟治国用兵的道理，为诗歌创作提供了较为丰富的素材。用诗歌的形式记录和反映疾病，抒发因病感怀之情，这在一方面体现了少数民族诗人较高的医学和文学素养，同时也从侧面说明了当时以中医为代表的各类文化形式在多民族群体之间的互动交流。

就创作内容而言，以医说理，或以医论君、以医论政是元诗中值得重视的一个现象，这与宋元以后儒医的涌现有直接关系。儒医即掌握医学知识与医疗技术的文人，宋以前，文人通医只是个人喜好，大多数文人只在作品中偶有论及医理，论述内容和层次还不够广泛深入。北宋中后期，以苏轼为代表的文人士大夫用中医医理分析时弊，向人君上言进谏，进而形成以医喻政的文化现象，不过这种状况多反映在各类政论、策论中，在诗歌中却并不常见。元代儒医众多，医者与文人之间的交流互动也很频繁，朱震亨、戴启宗皆是当时著名的儒医，诗人元好问在医药学方面就颇有造诣，其弟子王恽也创作了大量赠予儒医的诗作，有《赠仲温教授求授真诀》《子孺腹疾良愈，谢全王二医官，全名立夫，王名贵和》《赠三衢儒医徐登、孙升伯》等，其间多论及医理，不仅体现了自身的医学修养，也传递出医文交游的文化现象。儒医的大量涌现，使得元诗以医说理、以医论政成为其显著特点。如诗人胡祗遹在《读论语自警》中说道："人心本无病，致病皆人为。私欲生百疾，圣人乃良医。用药各对症，疾去心融洽。"后论及医药可以愈疾就好比《论语》能够治愈人之精神，"一言即一药，服之有余师。"在《腹疾自警》一诗中以切勿贪口舌之欲以招腹疾来类比不可轻信小人谗言以免遭遇祸端。再如许衡《李生器所侍》阐述了人命授于天，指出须未病先防之道理。这类诗歌还有耶律楚材《赠高善长一百韵》，方回《送医士郭耕道》，刘敏中《赠眼医》，吴莱《问五脏》，叶颙《姜明德医学录任满，诗用美之，并以医之利害语之》等。

元代涉医诗歌内容丰富，表现多样，其涉医覆盖面之广远远超越了前代。其中除我们在之前已经提到过的以医说理和以医论政类诗歌外，还包含有描写本草方剂、病症病状、医用器械、医籍方书、医学典故和各类医家人物。元代描写本草药物的诗歌主要以种药采药为主，不同于唐宋时期诗人们大多将其视为一种陶冶性情的方式，元代种药采药诗多为隐居不仕的遗民诗人所作，再加之他们自身仕途不顺、窘迫之时又多受疾病困扰，因此往往传递出一种感伤情绪，缺少盛唐时期文人所具有的那种情趣与洒脱。将医理融入其中是其特点，如沈梦麟《义门家长郑仲德先生号采苓子卷》，唐肃《四明山人采药歌》，陶安《服药》等。除外，药名诗还有方夔《药圃五咏》，刘因《学东坡小圃五咏》。元代临证各科均有发展，记录各类疾病病症的诗歌亦层出不穷，描写眼病的有王恽《病目书怀》，王沂《病眼》，舒岳祥《赋眼昏》等；齿病的有张伯淳《病齿四首》，艾性夫《中齿忽折》，黄河清《病齿》等；另外，还有描写足疾、幽疥、腰病、疮疡、疟疾、寒疾、耳聋等各类疾病及症状的作品，无不体现了元代临证各科的发达和诗人自身对健康的关注。诗人不仅以诗歌的形式记录当时的各类常见疾病，还讲述了患病的原因和状态，如方回《病因饮致》《寒热不调病一月余》《至后承元辉见和复次韵书病中近况十首》，周震霆《纪病》，胡天游《患疟》，偰逊《病歌行》。在这类诗歌中，诗人们将当时的病症完整记录下来，成为珍贵的医学研究史料。金元时期，外科迅速发展，一些适合于疡科临床需要的手术器材，如炼刀、小刀、竹刀、小勾、勾刀、灸板等频频出现在诗歌中，另外还有当时治疗眼病的器械金篦，量取药末的工具方匕，以及丹鼎丹砂等亦成为诗歌创作的语汇。这些词汇为诗歌文本注入了新鲜语汇，同时也体现出当时医学的发达。除医用器材外，还有一些诗歌也反映了当时常见的治疗方法。首先是在药物炮制技术方面的显著进步，《太平惠民和剂局方》所使用的炮制方法主要有水飞、煅、浸、蒸、炒、煮、火焙等。诗歌中亦有诸如“渡涧劚苓朝带雪，隔林蒸术午生烟”，“蒸术晓烟里，劚苓春雨多”，“病家几度来相觅，林下遥闻煮术香”，“劚苓曾蹑千峰翠，煮石应同九转砂”的相关记述，其中提到了元代两种主要的炮制方法：蒸术和煮术。另外，涉及疾病理疗方式等医学相关术语的诗歌也不在少数，包括阴阳学说，以及一些专用术语如炼形、艾灸、㕮咀、五禽戏等。另外，值得注意的是，在文人赠予医者的题赠诗中，提到了当时的众多医家人物，包括儒医、医官、名医、医士、医僧、医道、医隐，以及各类专科医者如眼医、儿医、针医、痔医、疡医、炼师、术士、艾师等。在这类题赠诗中，诗人们不仅记录着本草方剂、治病理疗过程以及关于医学的典故传说，还称誉医者精湛的医术医技，宣扬他们的医学成就；或倾诉愈疾之恩，弘扬其道德事迹，以此体现医者与文者交游往来的深厚情谊。这在一定程度上有力地提升了元代涉医诗歌的情感表达效果。

三、本书的编纂意义及相关说明

上文梳理了元代以前涉医诗歌的发展演变脉络，并着重探讨了元代涉医诗歌创作的主要内容与显著特点，以及产生这些特点的历史、文化层面的背景。意在表明，诗歌中的涉医文献不仅是一笔宝贵的文学遗产，亦具有珍贵的医学史料价值。元代诗歌中涉医文献的整理研究是一项具有一定学术价值的创新课题，以往的诗歌研究及与之相关的资料汇编性质的著作多遵循着较为传统的纯文学研究思路，主要围绕着基于一定时代背景下的作家生平、思想内容、艺术风格、诗歌史意义等方面展开，取得了相应丰硕的成果。可现如今，跨学科研究方兴未艾，尤其是古典文学领域的涉医现象逐渐成为研究的新趋势，但研究基础却不够牢固，缺少专门的资料汇编收集与整理方面的文献可参考，不得不说是一种遗憾。故本书编纂的目的正是为打破这种局面，希望能够取得两方面的突破：第一，研究视野的突破。力求突破传统诗歌研究思路，尝试从医学角度介入，欲拓宽诗歌研究的新视野，丰富诗歌研究的内容。第二，研究领域的拓宽。对于古典文学作品中涉医内容的挖掘属于交叉学科研究的领域，在丰富文学研究内容的同时，通过对元代涉医诗歌的搜集整理，能够对中医史料的扩充起到积极作用。

就编纂意义而言。本书的编纂和研究工作是基于随着目前学界对古典文学作品中涉医现象探讨的增多，而针对涉医文献基本整理工作方面存在的空白而提出的。在综合考虑历史、民族、社会、自然等方面的特殊情况后，选取元代这一时期，并以诗歌为立足点和文本依据，试图挖掘整理出其中的涉医内容，为后续研究工作做准备。其一，从文学角度出发，拓宽了文学研究的视野，尤其是丰富了诗歌研究的内容。其二，从涉医文学这一研究领域来说，填补了元代涉医诗歌在挖掘整理方面的空白，并为后续的基础研究和理论研究奠定了基础。其三，就学术创新而论，突破了以往诗歌基于纯文学视域下研究模式的藩篱，主张从医学这一视角出发，试图为古典文学研究尤其是诗歌领域提供新的学术增长点。其四，从学科之间的互动交流层面出发，挖掘整理古典文学作品中的涉医内容属于交叉学科研究。以文学作品尤其是诗歌为立足点，在着力挖掘元代诗歌医学信息的过程中不断扩充了中医史料，尽可能为中医研究领域提供新的材料支撑和理论依据。在一定程度上打通了学科之间的屏障，实现了学科之间的互动交流。其五，中医学与古典文学分属中华民族传统文化的两大支流，探讨元代诗歌中的涉医内容，亦是弘扬优秀传统文化的方式和途径。

关于本书的编纂要求和整理过程，还有以下几点需要说明：

（一）本书所摘录的诗歌主要来源于《全元诗》。该书总共六十八册，收录元代近五千位诗人的约十三万两千首诗，因其编录所参考的各类诗文集较为全面完善，故所收录的诗人广、作品全，这为我们挖掘整理涉医诗歌提供了翔实的文本依据，故以此作为本书的主要文本来源。另外，部分文人别集、选集、诗歌集笺注、诗歌集辑注也将作为参考依据，所列书目详见参考文献部分。

（二）对于处在元与金、宋、明之际诗人的取舍，依旧参照《全元诗》的编纂要求，除参考总集、选本等的归属并以其存诗写作时期为依据，以诗人的创作活跃期为主要划分标准。

（三）对于涉医诗歌的界定。本书在收集编纂诗歌时，以学界目前对于涉医文学的界定为基本准则，即创作内容或形式涉及中医药知识的古典文学作品，它既包括以中医药为题材，或内容中包含中医药知识的作品，还包括用中药名词术语为语汇创作的药名诗文等。除此之外，编者考虑到元代涉医诗歌创作的实际，还注意到两种特殊情况，斟酌后也将此纳入其中：第一，与医者医士有关的题赠诗和酬唱应答之作。这类诗歌当中的一部分，其文本本身并不直接承担记录或描述与医学有关的内容，多以弘扬医家人物的道德事迹，感念医者的愈疾之恩，或体现医者与文者交游往来的深厚情谊为主。如《谢刘伯升愈疾》（丁鹤年），《赠医士陈子云为倪仲权谢》（张庸），《赠医师范子和》（段克己），《送医士王安重》（贡师泰）等。第二，诗人因患某种疾病或疾愈之后的抒情感怀之作，有抒发病中惆怅之情的作品。诸如《病中》（张翥），《病起漫述》（许有壬），《三月十八日卧病感怀》（朱德润），《病不能寐作》（释大圭），有记录卧病期间生活状态的《病歌行》（偰逊），《病起试杖》（郑允端）等，亦有体现诗人因疾愈之后的轻松愉悦，如《开轩露坐病目顿愈怅然有作》（陈高）。这两类诗歌内容本身虽不直接呈现与医学有关的内容，但在题赠吟咏的过程中，间接反映了某位医者的医德作风，不能不说是医学文化的一个侧面体现。与此同时，因病抒怀的作品虽以抒情为主，多反映或记录作者在病中的生活起居状态或心理活动，蕴含其中的病因病症等医学内容只是作为诗歌表情达意的先行铺垫，并不做专门描述，但这类诗歌中却富含大量与医学心理学相关的内容，故同样可视为一种涉医诗歌类别被纳入其中。

在此感谢《全元诗》编委会的各位专家，为我们提供了基础完备的元代诗歌文献方面的支持，为《汇编》工作的顺利开展奠定了基础。《汇编》的搜集与编排是一种尝试，亦是一项挑战。鉴于编者自身能力和时间有限，又无接受过系统专门的医学专业训练，因此在对文献的把握和认识上尚且存有一定的医学知识盲区和偏差，故在借鉴先贤对涉医文学基本概念认知的基础上，在查阅和整理文献的过程中，不断融入和补充了个人的思考与判断，故有遗漏错讹之处，还望各位专家学者批评指正。

周欣媛

二〇一九年八月

凡　例

一、本书旨在搜集有元一代涉及与传统中医学内容相关的诗歌。

二、本书所收作家与诗歌主要见于由杨镰主编，中华书局2013年出版的《全元诗》，另参考部分文人选集、别集、诗歌集辑注、诗歌集笺注等。

三、本书将以编录于《全元诗》中五千余位元代诗人的十三万两千多首诗歌作为考察对象，总共搜集到元代142位诗人的572首涉医诗歌。编撰次序按照《全元诗》原有诗人顺序进行编排。诗前附诗人简介，主要参照《元史》《元诗选》《元诗记事》。其中有资料阙疑者，则主要依照《全元诗》中作者小传编写。

四、按照涉医文学的基本概念，凡出现与中医学相关的作品皆收入其中，从内容划分有以下八类：

中药方剂：药名诗；种药采药诗；描述本草形态与功效的诗歌。

病症病状：病名诗；介绍某类疾病之病因症状，并以某种疾病阐释哲思，详写患病过程进而抒情的诗歌。

养生防病：展现炼气炼形、食养，或以音乐书法或山水风景以怡情养性的诗歌。

医术医技：讲述医者治病理疗之过程，或赞扬医士医技高超，医德高尚的诗歌。

医文交游：答谢医者赠药、表达愈疾之情、评价医士医德医功、展现文者与医者之间深厚情谊的诗歌。

医理论述：以医说理、以医论君、以医论政的诗歌。

因病感怀：记录作者患病时的起居状态和心理状态，以及抒发病后情感的诗歌。

其他：有关医籍医经介绍，叙写病理并抒发感悟，描摹药圃药具，讲述奇方异俗的诗歌。

目 录

丘处机

丘处机（1148—1227），字通密，号长春子。登州栖霞（今属山东）人。全真道教七真之一。元太祖十五年（1220），应招率众弟子西行，于西域谒见成吉思汗并受礼遇，后居于燕京太极宫（后改名长春宫），其西行经历由其弟子李志常著为《长春真人西游记》二卷。于宗教、文学、政治、艺术、医药及养生领域皆有涉足。主要倡导内丹心性说理论和三教合一思想，晚年组织重新编撰《道藏》，文学方面著有《磻溪集》六卷，医学及养生领域著有《摄生消息论》一卷，以因时制宜为根据，提出运用理、法、方、药进行辨证治疗的方法，具有较高的养生学价值。

赞丹阳长真悟道

马氏谭君达圣朝，疑情万古一时超。
云中采药烹金鼎，火后收丹贮玉瓢。
手握灵珠常奋笔，心开天籁不吹箫。
看看跨鹤乘风去，海上人间影迹遥。

《全元诗》第一册，杨镰主编，中华书局2013年版，第7页

示　众

色身元有限，情欲浩无涯。痴似蜂贪蜜，狂如蝶恋花。
六根谁是主，贪欲自招殃。一念色心动，百骸秋气伤。
外物于身患，狂心不自监。病深方省欲，祸极始知贪。

最爱三田宝，难禁五欲情。后生须自重，元气莫相轻。
四大本无托，百年还有期。众人皆不悟，三教莫能规。
失道本无命，得时元有期。有无皆自定，贪爱复何为。
红颜若春树，白发似秋霜。俯仰一时过，驱驰三界忙。
繁华媚春雨，衰草淡秋烟。日月暗相逼，古今经几迁。
罗琦千箱满。金珠万斛盈。只知他物好，不觉自心茕。
厦屋千间峻，泪田万亩平。自心非实相，他物是虚名。
世事无穷变，闷愁不测来。志心行言之，门户少凶灾。
祸福相生灭，荣枯递献酬。不穷天外乐，那免世间忧。
精神多削弱，机巧益巉岩。未及开笼鸟，还同作茧蚕。
遇战皆奔走，逢迷孰指南。身心多自役，道德有谁参。
物里光阴促，人间兴废多。觉来浑似梦，贪得又如何。
彼此众生性，朝昏杂念魔。静观无以救，春秋杀伐空。
大梦何时觉，浮生旷劫迷。乾坤无昼夜，日月走东西。
妙理无由得，狂心不奈何。念随空变化，精自欲消磨。
爱欲时光短，前程地狱深。莫教空度日，切要紧降心。
宽容无怨害，柔弱胜刚强。满口齿先落，终身舌未伤。
江海无拘容，乾坤自在人。子陵犹傲帝，王霸不称臣。
石髓能延寿，丹砂解驻颜。葛洪游大海，王烈遇深山。
触情常决烈，非道莫参差。忍辱调猿马，安闲度岁时。
真阳加满腹，遐寿可齐天。世事皆虚耗，心神莫倒颠。
像教终难入，名言不可求。心中无杂念，境上得闲游。
浮华皆是梦，外物岂能坚。若不通三一，如何出大千。
可畏风前烛，堪嗟水上沤。百年如反掌，千古暂回头。
众生多患难，大道苦希微。不有神仙福，难明造化机。
众生皆为口，终日苦劳心。目眩空花乱，身随万物淫。
众生心不尽，大道理难明。若要开天眼，须当灭世情。
日月交加迫，朝昏返复催。光阴留不住，生死突将来。
自然生有漏，谁解入无余。不见眼前欲，方知心上虚。

有情知道远，无事觉心宽。造化开天窟，精神奈岁寒。
茫茫三界阔，混混独配人。优游闲卒岁，放浪不拘尘。
圣贤非道远，功德在人修。不向此心觅，更于何处求。

《全元诗》第一册，杨镰主编，中华书局2013年版，第43页

修 道

眼耳离声色，身心却有无。自然通造化，何必论精粗。
炼气清心士，干云拔俗标。心如山不动，气似海常潮。
万缘如嚼蜡，三毒似销冰。既出阴阳谷，那论大小乘。
五眼元同体，三身共一枝。寸心无我后，圆觉照空时。
自生还自灭，无浅亦无深。不悟身非我，难明物是心。
踏碎虚空界，崩开造化权。浮云收静境，慧日照禅天。
一言和所在，万事不相干。造化开天窟，精神耐岁寒。
眼根虽有用，心地了然休。且向一生梦，聊随万化游。
身犹方丈窄，心若太虚境。四海千山隔，三灵一体观。
寂灭无心地，光明耀太虚。琉璃含宝月，网络贯天珠。
登真无浊气，迈俗有清标。急急离长夜，冥冥上太宵。
玉鼎丹砂沸，金壶碧酒香。鬼神心莫测，天地寿难量。
梦断华胥图，神游紫府天。兴邀三岛客，闲访十洲仙。
道因无事得，法为有心生。若解除三毒，应当出五行。
道自无为显，心因有法生。混元含万象，太一起虚名。
有动缘无动，无为即有为。三光不照处，万象显明时。
本自无心得，何劳用意思。五行不到处，万化总归时。
月上中天皎，风来半夜清。洞天人不到，闲客自相迎。
药圃芝田净，金坛玉宇新。壶中天不夜，物外景长春。
十洞高真列，三天上圣居。白云能送客，青鸟解传书。

《全元诗》第一册，杨镰主编，中华书局2013年版，第45页

尹志平

尹志平（1169—1251），字太和，或作大和，号清和子。东莱（今山东掖县）人。金章宗明昌（1190—1195）初，师从丘处机，熟通《易经》。于兴定四年（1220）随赴西域谒见成吉思汗，后于丘处机死后继掌全真教事。有《葆光集》三卷，今存。

刘宣差病索诗

欲求轻健得安然，试伴长春向宝玄。
百日消疏如肯受，他年骨壮自神全。

《全元诗》第一册，杨镰主编，中华书局2013年版，第65页

修行五更颂

晚参罢后一更初，收拾灵光入太虚。
耳内不闻尘事乱，性中寂寂乐无余。
二更寂寂乐真闲，一气绵绵任往远。
行满三田阴鬼灭，功成九转列仙班。
三更三点一阳生，六甲三元五气清。
不是性根超造化，如何命宝得圆成。
四更魔退罢驱兵，稳睡安眠贺太平。
梦里分明无所著，觉来依旧有余清。
五更五点五更残，一志坚刚静若山。
休道神仙无处觅，长生只在存心间。

《全元诗》第一册，杨镰主编，中华书局2013年版，第69页

樊山先天观作

先天终有意，云水已无心。隐迹唯求远，埋名恨未深。
秋阳辞益友，春暖访知音。为慕西山静，免教人事侵。
守道忘尘累，安居慕德邻。坐中无俗客，席上尽高人。
养气若龟息，炼形如石皲。为求真实相，认取本来身。

《全元诗》第一册，杨镰主编，中华书局2013年版，第85页

食豆粥寄燕京道众

苦苣菜软，绿豆粥薄。
二味从来偏爱，一真永得安乐。
食罢后，四大冲和。
饱足时，六神踊跃。
老来得这些受用，把世间事都尽忘却。

《全元诗》第一册，杨镰主编，中华书局2013年版，第91页

耶律楚材

耶律楚材（1190—1244），字晋卿，号湛然居士，契丹族。籍贯宜州宏政（今辽宁义县）。泰和六年（1206）受金章宗面试，特辟为吏，后授开州同知。贞祐二年（1214）官任左右司员外郎。公元1215年蒙古围攻燕京，中都陷落，遂成其子民，后随成吉思汗于西域征战六年。于政治、经济、军事、文学等方面皆有建树，著有《湛然居士集》十四卷，主要为诗歌。另有随成吉思汗西征时记录见闻的《西游录》二卷，今存。

谢圣安澄公馈药

一粒灵丹寄我尝，湛然回简谢西堂。
杀活一草真难会，药病相治未易量。
子细嚼时元不碍，浑沦吞下也无妨。
圣安骨董知多少，卖弄千年旧药方。

《全元诗》第一册，杨镰主编，中华书局2013年版，第282页

寄景贤

因足疾在告，弹琴逾时，腕臂作痛，自讼其痴，作诗以寄景贤。

湛然有过必人知，笑寄龙岗自讼诗。
阎浮众生苦为乐，华严皇觉药能医。
十年擐甲足疾作，三月弹琴臂力衰。

因病得闲闲却病，闲中虽病也便宜。

《全元诗》第一册，杨镰主编，中华书局2013年版，第309页

赠高善长一百韵

君本辽阳人，家居华表傍。随任来燕然，卜筑金台坊。
幼蒙父兄训，读书登上庠。大义治三传，左氏为纪纲。
诗书究微理，易道宗京房。吏学亦精妙，议论如馨香。
行道有余力，下笔能诗章。典雅继李杜，浮华笑陈梁。
当年辟科举，郡国求圭璋。御围屡不捷，在前饶秕糠。
先生乃医隐，退身慕羲皇。难素透玄旨，针砭能起僵。
可并华扁迹，可联和缓芳。门生皆良医，西海高名扬。
昔我知君名，方且王事忙。兵尘隔东西，忽成参与商。
君初涉洛瀍，我已达敦煌。瀚海浪奔激，金山路徬徨。
西游几万里，两鬓今苍苍。西方好风土，大率无蚕桑。
家家植木棉，是为垄种羊。年年旱作魃，未识舞鸘鸈。
决水溉田圃，无岁无丰穰。远近无饥人，四野栖余粮。
是以农民家，处处皆池塘。飞泉绕曲水，亦可斟流觞。
早春而晚秋，河中类余杭。濯足或濯缨，肥水如沧浪。
杂花间侧柏，园林如绣妆。烂醉葡萄酒，渴饮石榴浆。
随分有弦管，巷陌杂优倡。佳人多碧髯，皎皎白衣裳。
市井安丘坟，畎亩连城隍。货钱无孔郭，卖饭称斤量。
甘瓜如马首，大者狐可藏。采杏兼食核，餐瓜悉去瓤。
西瓜大如鼎，半枚已满筐。芭榄贱如枣，可爱白砂糖。
人生为口腹，何必思吾乡。一住十余年，物我皆相忘。
神祖上仙去，圣主登明堂。驲骑征我归，忝位居岩廊。
河表寒旧盟，鄘秦成战场。翠华乃南渡，鸾驭声锵锵。
六军临孟津，偏师出太行。间路入斜谷，南鄙侵寿唐。
犄角皆受敌，应战实未遑。一旦汴梁破，何足倚金汤。
下诏求名医，先生隐药囊。驰轺来北阙，失措空仓惶。

我于群鸡中，忽见孤凤凰。下马执君手，涕泪其如滂。
我叹白头翁，君亦嗟髯郎。停灯话旧事，谈笑吐肺肠。
酬酢觅佳句，沉思搜微茫。湛然访医药，预备庸何妨。
高君略启口，确论闻未尝：医术与治道，二者元一方。
武事类药石，文事如膏粱。膏粱日日用，药石藏巾箱。
一朝有急病，药石施锋铓。病愈速藏药，膏粱复如常。
缓急寇难作，大剑须长枪。寇止兵弗戢，自焚必不长。
发表勿攻里，治内无外伤。朝廷有内乱，安可摇边疆。
疆场或警急，中变决自戕。阴病阳脉生，阳证阴脉亡。
暴法譬之阴，仁政喻之阳。太平虽日久，恣暴降百殃。
大乱遍天下，行仁降百祥。一君必二臣，佐使仍参详。
不殊世间事，烝民无二王。国老似甘草，良将比大黄。
一缓辅一急，一柔济一刚。病来不速治，安居养豺狼。
疾作傥无药，遇水泛舟航。病固有寒热，药性分温凉。
疗热用连蘖，理寒宜桂姜。君子与小人，礼刑令相当。
虚者补其羸，实者泻其强。扶衰食枸杞，破血服槟榔。
抑高举其下，天道犹弓张。损余补不足，贫富无低昂。
寒多成冷痼，热盛为疮疡。政猛民伤残，政慢贼猖狂。
保生必求源，胃府为太仓。四时胃为主，端居镇中央。
朝廷天下本，本固邦家昌。实实而虚虚，其谋元不臧。
五行不偏胜，所以寿而康。太宗平府兵，是致威要荒。
未病宜预治，未乱宜预防。贼臣弑君父，祸难生萧墙。
辨之由不早，即渐成坚霜。心腹尚难治，况复及膏肓。
湛然闻此语，不觉兴胡床。谢君赠诲言，苦口如药良。
问一而得二，和璧并夜光。走笔书新诗，一笑呈龙冈。

《全元诗》第一册，杨镰主编，中华书局2013年版，第317页

元好问

元好问（1190—1257），字裕之，号遗山。太原秀容（今山西沂州）人。早年随叔父游学各地。金宣宗兴定五年（1221）进士及第，金哀宗正大元年（1224）中博学宏词科，授儒林郎、权国史院编修，正大三年（1226）任镇平令，历内乡令、南阳令，后调尚书省左司都事。金亡不仕，以著述存史为业。元好问一生著述颇丰，有《遗山先生文集》四十卷、《遗山乐府》五卷传世，著《续夷坚志》四卷，编撰金诗总集《中州集》十卷，将金词辑成《中州乐府》一卷，另有诗词理论诸篇。在政治、文学、历史、医学等领域皆有建树，尤其与“金元四大医家”之一的李杲、张从正交往过密，医学领域成果有《元氏集验方》《伤寒会要序》。

九月初霖雨中感寒痹作

留饮工作祟，臂股半风淫。风淫喜阳景，旬浃坐秋霖。
儿寒益跳梁，衰暮苦难任。病枕怯遥夜，破窗风露深。
两年魏大名，千门响霜碪。客行足缯纩，家居但疏衾。
绚丝不易得，候虫徒自吟。无衣思南州，伤哉非独今。

《全元诗》第二册，杨镰主编，中华书局2013年版，第34页

病　中

战胜颇自恃，宁知从外腴。文章工作祟，时运迫摧枯。

止酒嗟何及，烧猪本不图。膏粱无急变，山泽有真癯。
诗信藤条戏，方遭铁弹诬。盐红忘后顾，黧黑见前驱。
眩入投床仆，晨淹伏枕呼。万钱惟呕泄，一脔尔乘除。
静伏心仍悸，深调息亦粗。局嫌囚宇宙，渴忆卷江湖。
风柳留蝉蜕，霜松映鹤孤。养和惩往失，扶老念时须。
杯杓归神誓，垣墙任佛踰。回蹊且垂翅，望或在桑榆。

《全元诗》第二册，杨镰主编，中华书局2013年版，第90页

围城病中文举相过

扰扰长街日往回，病中聊得避喧埃。
愁多顿觉无诗思，计拙唯思近酒杯。
潘岳镜中浑白发，江淹门外即苍苔。
生涯若被傍人问，但说经年鼠不来。

《全元诗》第二册，杨镰主编，中华书局2013年版，第116页

燕都送马郎中北上

功曹此日汉萧何，家世当年老伏波。
但爱红莲映芳渚，岂知寒谷变阳和。
珠囊不载模糊锦，银管先书茂异科。
太史占天应有喜，一星朝处五云多。

《全元诗》第二册，杨镰主编，中华书局2013年版，第156页

国医王泽民诗卷

万古君家父事兄，岂知衰俗有王卿。
一篇华衮中书笔，满纸清风月旦评。
鸿雁自分先后序，鹡鸰兼有急难情。
闺门雍睦君须记，方伎成名恐未平。

《全元诗》第二册，杨镰主编，中华书局2013年版，第164页

赠眼医武济川

世眼纷纷眯是非，不应刮膜在金篦。
知君圣处工夫到，且道心盲作么医。

《全元诗》第二册，杨镰主编，中华书局2013年版，第176页

段克己

段克己（1196—1254），字复之，号遁庵。籍贯河东，世居绛州稷山（今属山西）。其弟段成己，二人并有诗名。金宣宗兴定三年（1219）兄弟二人同游京师，受礼部尚书赵秉文赏识，目为“二妙”，大书“双飞”二字名其居里。于正大七年（1230）以进士贡。后金亡，兄弟两人藏于龙门山中。元初，包括段成己、段克己等八位金遗民的诗篇被列入元人房祺所编的《河汾诸老诗集》，因而被称为“河汾诸老”。泰定年间（1324—1327），由其孙段辅将其诗词辑为《二妙集》。

赠医师范子和（并引）

范君子和居姑射山麓，世隐于医，敏给多艺，能略涉猎文史。一日，会荐绅辈于其家，酒半，举大白而言曰：不肖窃有志于斯文，敢求数十字以为珍藏。意甚勤，因为赋古风一篇，告之以君子之道，使知所操持焉。非宜使夸炫于世，实箧笥而已。

我庐姑射东，君居西山隅。相去不十里，曳杖以问途。
知我远方来，尽室相煦濡。衰年况多病，药物必尔须。
诊视得家法，就为医多卢。贫贱人所恶，世利人所趋。
君子异于众，而独与我娱。延我升中堂，坐列皆明儒。
酒肴既登俎，左右罗童奴。令行爵无算，促使开大壶。
酒酣意气逸，高论到唐虞。日晏未得归，欲起时见拘。

自言小邑中，何尝试士夫。久客惜人情，褊量动辄踰。
仍呼儿出拜，头角异凡雏。从小好文字，未睹明月珠。
长者幸有赐，终身不敢渝。既蒙主人知，所愿献良图。
世人岂无才，唯德不能俱。不见盆成括，以是丧厥躯。
又征荀氏语，至察则无徒。大辩外若讷，聪明守以愚。
颜子称大贤，尚云有若无。吾言傥无忽，荣名不须沽。

《全元诗》第二册，杨镰主编，中华书局2013年版，第273页

同封仲坚采鹭鸶藤，因而成咏，录寄家弟诚之兼简李卫二生

有藤名鹭鸶，天生匪人育。金花间银蕊，翠蔓自成簇。
褰裳涉春溪，采采渐盈掬。药物时所须，非为事口腹。
牛溲与马渤，良医犹并蓄。况此香色奇，两通鼻与目。
尤善疗疮疡，先贤讲之熟。世俗不知爱，弃置在空谷。
作诗与题评，使异凡草木。

《全元诗》第二册，杨镰主编，中华书局2013年版，第275页

陈君百禄隐居河汾，世以医名家，临财廉取与义，性喜谐，虽外若宽纵，内实重慎，而有常心真善学医者也。辛丑之秋，余痁作，君调护周至既获勿药，欲酬而不可，姑以诗答其勤

我来汾沮洳，汾滨君所居。岂期牢落际，有子可与娱。
遗我以方药，投我以素书。往来八九年，问难更起余。
妙处自心得，论说乃其余。众议递持执，辞语费百车。
君以一言蔽，如乱发得梳。丹砂与赤箭，应用并贮藏。
困穷尤所重，视之骨肉如。孰谓斯世中，乃见古人且。
我不为世用，以道而卷舒。子胡自隐晦，而不干名誉。

问君有令子，万里有权舆。于公多阴德，预使高门闾。

情君事其语，勿谓吾计疏。

《全元诗》第二册，杨镰主编，中华书局2013年版，第277页

赠医者呼延生（并引）

外医之名非古也，今人徒见疮疡发见于皮肤之外，针砭可得而攻之，因谓之外医。然则解肌剖腹，湔洗肠胃，漱涤五脏者，其亦外医耶？殊不知听声视色，察气观脉，以知病之所在，汤熨以治其腠理，针石以达其血脉，酒胶以荡其肠胃，扶虚疏实，抑过补惫，疾无不起者。今呼延生之疗疾也，汤剂砭爇，各随所施，无不立愈，呜呼！非得之于内，应之于外，乌能取效如此之速乎？生喜饮酒，人之所酬，无厚薄，不以介意，一寓之酒。其真得于酒耶？余贤其为人，故赋诗以赠之。

君不见南齐潘聚师，禁耳出箭镝。

又不见唐人孙甑生，祝石使相击。

祝溪溪不流，徐登先破的。

以树徙痈疽，伯宗多伟绩。

后来便说呼延生，神异一时无匹敌。

誓言拯众疾，犹己有饥溺。

吐气作云霓，掉舌飞霹雳。

炎凉随手变，众苦已荡涤。

百谢不一顾，黄金同瓦砾。

饮酒过百余，醉不遗涓滴。

归来掩关卧，瑶琴闲挂壁。

所至汉义合，无莫亦无适。

衡门时见过，笑语慰岑寂。

却愁仙籍告功成，便恐人闲无处觅。

《全元诗》第二册，杨镰主编，中华书局2013年版，第299页

段成己

段成己（1199—1279），字诚之，号菊轩。籍贯河东，世居绛州稷山（今属山西）。与其兄段克己并有才名，金宣宗兴定三年（1219）兄弟二人同游京师，受礼部尚书赵秉文赏识，目为“二妙”，大书“双飞”二字名其居里。于金哀宗正大年间（1224—1231）举进士，授宜阳主簿。元初，包括段成己、段克己等八位金遗民的诗篇被列入元人房祺所编的《河汾诸老诗集》。泰定年间（1324—1327），由段克己之孙段辅将二人诗词辑为《二妙集》。

赠医者

术以医名行以儒，为人不肯著方书。
共高世外封君达，自许山中陶隐居。
转首耻为他日计，论心愧未古人如。
有儿还解传家否，试问门前长者车。

《全元诗》第二册，杨镰主编，中华书局2013年版，第340页

许　衡

许衡（1209—1281），字仲平，号鲁斋。怀州河内（今河南沁阳）人。早年游学于河、洛之间，与姚枢及窦默相讲习。元宪宗四年（1254），应忽必烈之召出任京兆提学，授国子祭酒。至元七年（1270），任中书左丞，次年拜集贤大学士，兼国子祭酒，几年后与郭守敬修成《授时历》。至元十七年（1280），因病归怀庆休养。至元十八年（1281）去世，追封魏国公，追谥文正。著有《读易私言》一卷，《鲁斋遗书》七卷。

与李生

人生寿夭本难齐，补养徒烦一例推。
医到明时无百中，病方传处有千歧。
医能宛转深求病，病解闲关巧避医。
生死于兹系天命，莫将天命责人为。
防病须防未病时，病临休恃药能医。
寸疮溃处全身死，一息差来五脏危。
禁盗莫如先禁博，存毛未必胜存皮。
万般补养终成伪，只有操心是要规。

《全元诗》第三册，杨镰主编，中华书局2013年版，第48页

病中杂言

人人都畏死来催，我道人生死是归。

但使墙阴无隐匿，不忧心外有危机。
得生本自神先宅，未死谁知鬼已依。
此理分明是天命，便须相顺莫相违。
花递香风入短襦，草抽新绿倚柴荆。
正忧多病作身累，还喜幽居见物情。
花为可观遭夭折，草因无用得欣荣。
世间巧拙俱相半，不许区区智力争。
莫怪新贫厌旧贫，贫来尤觉此心真。
自怜孤力膺邪议，常欲幽居远市尘。
千里烟霞山嶂晓，一竿风月野桥春。
凭谁寄问乡间老，我去何人愿卜邻。
磊落青山万仞高，虚崖绝险骇猿猱。
从谁得上岩龛住，免我从来俗事劳。
晓日烟霞明涧壑，霁天霏霭散林皋。
休言只好宽凝伫，满地干戈亦可逃。
但愿吾儿会读书，不妨贫苦一钱无。
头颅有肉元难厚，颈项生筋自合粗。
暗里乘除皆造化，分中操守是良圆。
年来识尽荣枯理，却笑苏张见趣迂。
直须眼孔大如轮，照得前途远更真。
光景百年都是我，华夷千载亦皆人。
痴阴冷堕云间雪，和气幽生地底春。
此意若教贤会得，也甘颜巷乐吾贫。
春来秋去客中情，转首光阴十岁经。
学苦炼成心下赤，愁多消却鬓边青。
眼前世事番棋局，梦里家山忆画屏。
何日归同林下友，笑谈书史有真馨。

《全元诗》第三册，杨镰主编，中华书局2013年版，第53页

病中有感

十载天涯客寄身，今年憔悴不堪闻。
病来与死传消息，老去无家遗子孙。
故里欢游频入梦，春城凝眺独销魂。
如何藉我知音力，五亩归耕沁北村。

《全元诗》第三册，杨镰主编，中华书局2013年版，第55页

病　卧

一病连三载，孤身萃百忧。干戈良未已，妻子若为谋。
生可陪诸弟，归当老故丘。难忘终始义，忍死更迟留。

《全元诗》第三册，杨镰主编，中华书局2013年版，第60页

家铉翁

家铉翁（1213—?）号则堂，眉山（今属四川）人。咸淳八年（1272），权知绍兴府、浙东安抚提举司事。南宋末官历端明殿大学士，签书枢密院事。元兵下，丞相贾余庆、吴坚檄天下守令以城降，铉翁独不署。奉使元营，留馆中。宋亡，拒仕，流放河间十九年，以《春秋》教授生徒为业。元成宗即位后，放还，赐号处士，后数年以寿终。有《则堂集》二十卷，《春秋详说》三十卷。

闻杨和卿在馆中读《易》，不去，手赠以诗

人人读医经，知尊黄与岐。
杨子读医经，乃以羲文周孔而为归。
易中有妙义，医中之奥与易相表里。
六十四卦字字是心法，八十一篇篇篇具《易》理。
神圣工巧莫向外边求，洁净精微只此本心是。
君观恒卦字之文，左心右日合而成。
心体湛然绝纤翳，日新又新常惺惺。
要之医经本自《易经》出，前圣作之后圣述。
子以医心会易心，三部九候中间有太极。

《全元诗》第三册，杨镰主编，中华书局2013年版，第90页

王义山

王义山（1214—1287），字元高，号稼村。丰城（今属江西）人。宋理宗景定三年（1262）进士，授尚书架阁文字、权主管官告院，又任瑞安通判。至元十七年（1280）被荐掌江西学事，次年，退于东湖之上。著有《稼村类稿》三十卷。

赠医士熊月湖

缘何扁鹊号良医，传法元来饮上池。
化作月湖湖内水，愿捐一滴救疮痍。
月湖镜样十分清，诊视还他指下明。
那似月湖心地好，愿人常似兔长生。

《全元诗》第三册，杨镰主编，中华书局2013年版，第125页

舒岳祥

舒岳祥（1219—1301），字景薛，更字舜侯，又字东野。台州宁海（今属浙江）人，曾于阆风台读书，人称“阆风先生”。宋宝祐四年（1256）进士，仕至承直郎。入元，寓居奉化，以教授生徒为业。著有《荪墅稿》《避地稿》《史述》《补史家录》等，统名《阆风集》。

放言

寒暑一大疟，天地一病躯。古来几寒暑，元气朘削余。
人物生其中，短小一侏儒。神农乏药草，黄帝无医书。
坐令豺虎横，咬嚼为膏腴。顽疾久不治，脏腑生虫蛆。
愿借大雷斧，磔此害物徒。八荒既清廓，万古无忧虞。

《全元诗》第三册，杨镰主编，中华书局2013年版，第237页

赠医博士范心斋

疾病之所生，风寒燥湿毒。浸淫侵脏腑，脉络起丝粟。
有药所不攻，针砭功始录。有如龙潜见，岩穴通隐伏。
又如善用兵，洞窟皆驱逐。毛皮与腠理。一二数可烛。
刺俞已及髓，投穴不中肉。春回九地底，冰崖芽众绿。
范子故书生，于此见也独。十年从良师，神秘卷箧椟。
我疑秦卢扁，垣墙能外瞩。又疑华佗子，披脏先剖腹。
范生何大奇，方书可无读。我老目已昏，烦君为濯涤。
更阅十年书，细字蝇头黑。与子作佳传，当与太史续。

《全元诗》第三册，杨镰主编，中华书局2013年版，第239页

幽　疥

性不耐喧聒，况遭疥痒牵。此物有朋党，一搔千窍连。
幽阴及肘股，烂漫罗肋肩。城狐及社鼠，不如汝穴坚。
闲邪自检束，敛容如见贤。彼亦畏天理，亦有负其顽。
既不废谈笑，亦不妨食眠。万事贵隐忍，此方老子传。

《全元诗》第三册，杨镰主编，中华书局2013年版，第239页

寇攘之余谷，五斗才易一鸡，衰老多病，资血味以为养，求之弗可得，畜二母鸡，自春抱育，至夏，百翼不减，子美生理喜而有作

昔有尸乡翁，养鸡盖阡陌。累财千余万，积微利自博。
子美居瀼西，此物尚百翮。作诗戒宗文，墙东树笼栅。
我今山居中，生理苦迫窄。衰年资食治，时有不速客。
海鱼不常储，溪蟹碎难擘。颇欲效两翁，字鸡供口食。
买得双伏雌，领以一赤帻。户外听约束，安能污案席。
剖坼五十卵，引哺渐开拆。从兹日生生，向秋益繁息。
麦云行刈黄，可得二十石。已知饼臛具，不假天边翼。
窃笑茅季伟，割烹惟一只。奉亲不及宾，资生拙无策。

《全元诗》第三册，杨镰主编，中华书局2013年版，第240页

十二月十三日晒药有感

卖药不二价，买书甘一贫。谁于无妄世，完此不赀身。
酒熟狂连月，花香走四邻。因思少年事，默默自沾巾。

《全元诗》第三册，杨镰主编，中华书局2013年版，第295页

静　息

茅竹荒墟地，菰蒲野水天。故园长莽莽，归兴自翩翩。
文字留身后，瓶罂满眼前。海棠知我意，故作小春妍。

《全元诗》第三册，杨镰主编，中华书局2013年版，第289页

赋眼昏

不为吟哦苦苦频，老逢忧患损精神。
见人依约近方省，认字微茫久未真。
漠漠江山浑水墨，冥冥草树隔烟尘。
何人解咒杨枝水，洗净从前业障因。

《全元诗》第三册，杨镰主编，中华书局2013年版，第335页

耶律铸

耶律铸（1221—1285），字成仲，号双溪。宜州弘政（今辽宁义县）人，契丹族，耶律楚材之子，其母为汉人苏氏。耶律楚材死后，任中书省事。元世祖中统二年（1261）为中书左丞相，至元四年（1267）改平章政事，次年复任中书左丞相。后去山东任职，应诏监修国史，并多次出任中书左丞相。至元二十年（1283）因罪免职，死后追封懿宁王，谥文忠。著有《双溪醉隐集》六卷。

病起书事

性恬乖刺与粗疏，谁说清狂痼疾除。
可要更须教失马，只应元也示悬车。
胜游索办烟霞屐，绪业非攻种树书。
多幸老民俱有趣，醉乡日月是华胥。

《全元诗》第四册，杨镰主编，中华书局2013年版，第64页

病中述怀

雨声一夜到床头，一洗胸中万斛愁。
世态低昂付蛮触，宦途消息寄蜉蝣。
暑天卧病犹痴较，少日勤行半素休。
频梦江头岂无意，此身栩栩见沙鸥。

《全元诗》第四册，杨镰主编，中华书局2013年版，第64页

郝 经

郝经（1223—1275），字伯常，泽州陵川(今山西陵川县)人。金亡，迁居顺天（今河北保定），为守军统帅张柔、贾辅延为宾客，教育诸子，阅读两家藏书。元世祖在潜邸时曾召见。元世祖中统元年（1260），以翰林侍读学士，充任国信使，奉诏出使南宋，为奸相贾似道拘于真州十六年。至元十一年（1274），忽必烈兴兵攻宋，迎接郝经于途中，遂因病死于大都。今存《郝文忠公陵川文集》三十九卷。

病中即事

久客难堪病，衰颜倍觉秋。空杯仍自举，堕甑复何求。
两度交金火，连年犯斗牛。道穷还偶此，安得见西周。

《全元诗》第四册，杨镰主编，中华书局2013年版，第317页

王　恽

王恽（1227—1304），字仲谋，号秋涧。卫州汲县（今河南卫辉）人。早年受知于元好问，元世祖中统元年（1260），左丞相姚枢辟王恽为详议官，次年（1261）春，转翰林修撰，后兼任中书省左右司都事。至元五年（1268）首拜监察御史，官历元世祖忽必烈、元成宗铁穆耳，一生仕宦，清贫守职，好学善文。元贞元年（1295），奉旨修《世祖实录》，集《圣训》六卷。大德八年（1304）卒，死后追封太原郡公，谥文定。今存有《秋涧先生大全文集》一百卷。

赠仲温教授求授真诀

仆年五十余，气志觉衰耄。耳厌秋蝉号，目眩昏花眊。
瘥钟百态具，何啻鬓发皓。朅来观津邑，有幸遇医老。
仰开浩浩天，俗学归一扫。息心抱吾真，辨之当在早。
人生堪舆间，虽灵贵强矫。不然一物耳，岁久等枯槁。
况复智物诱，内热日煎扰。不闻山木喻，樗散元寿考。
守身为最大，自余皆细眇。及当念所存，夕惕谨持保。
授我内经旨，根命入幽讨。促膝语三日，底里为倾倒。
会合岂易得，相逢恨草草。多君济物诚，怜我慕丘祷。
夜阑耿无寐，再拜获至宝。作诗代裙裾，相期永为好。

《全元诗》第五册，杨镰主编，中华书局2013年版，第21页

折齿吟二十四韵

吾年未四旬，颀发白胜雪。两眼眩生花，一耳或通塞。
所喜牙齿牢，未省有残缺。饮食虽寿基，齿壮物善啮。
庶几桑榆境，健啖延岁月。所以载与饼，饥来若刀截。
今晨具盘餐，軱肉固纤屑。一嘬出不虞，左齿拉而折。
群稚惨不嬉，病妻惊欲绝。汝老不自量，无故取摧折。
予云盛则衰，百丑见两颊。平生好言辞，咀嚼出五色。
文战怒欲碎，醉秫干甚决。运用勤亦至，半百当衰苶。
时时以舌砥，乍脱觉中热。一落不复生，根杈漫枯枿。
骇若中坚摧，阔于山口豁。自今须慎护，作事思妥帖。
一柔胜百刚，有味老聃说。啥呀勤耻念，颠倒漱水怯。
犹胜昌黎公，余者坚尚洁。既不妨啸歌，底用心杌陧。
齿堕端午前，诗载重午节。成亏恐有数，歌以散忧结。

《全元诗》第五册，杨镰主编，中华书局2013年版，第27页

饮　食

饮食资吾耄，行年六十过。三升元有料，一口不容多。
过爽心随滞，长虚气便和。不须移远步，圣药有东坡。

《全元诗》第五册，杨镰主编，中华书局2013年版，第186页

病目书怀

病眼平时视物疑，更禁风火内交驰。
越蛙睅目将谁怒，鲛泪倾珠尽日垂。
气郁方瞳昏晕镜，疮连刚脸痛磨锥。
悠悠伏枕三旬苦，安得黄金刮膜鎞。

《全元诗》第五册，杨镰主编，中华书局2013年版，第272页

目疾自警

目手相须最切身，连宵惨痛可伤神。
老缘贪得书成祟，壮为伤多酒入唇。
四大假来皆是苦，万缘急遣亦忘真。
悠悠未了三千牍，束置从今不要亲。

《全元诗》第五册，杨镰主编，中华书局2013年版，第273页

卧病中即事

万虑消磨只一身，一身尤为病邅屯。
老饕才助脾神喜，湿热还助眼力昏。
蔬饭半盂嗟强食，物情千变苦难论。
前期七十都能几，更有何心到竞奔。

《全元诗》第五册，杨镰主编，中华书局2013年版，第321页

卧病吟

四大寻思孰主张，百般调护不康强。
火头孛尾方为祟，肝气脾神互见伤。
秋月栏干吟袖冷，晓烟庭户药铛香。
夜来一笑伸眉喜，梦里分明到故乡。

《全元诗》第五册，杨镰主编，中华书局2013年版，第321页

子孺腹疾良愈，谢全王二医官，全名立夫，王名贵和

喜向医林得二髦，河鱼为祟免忧劳。
调和脏气事为切，护养丹元论更高。
曾未浃旬收勿药，并躯二竖不容逃。
难忘最是真诚意，答荷千金恐一毫。
活庵方伎若为高，济物心均不伐劳。

子孺病来方作祟，脉源看处弱于毛。
临机制变元多筭，勿药收功大可褒。
自是理明穷隐粤，不缘潜授老龙韬。
《全元诗》第五册，杨镰主编，中华书局2013年版，第323页

赠三衢儒医徐登、孙升伯

徐卿奕世传医学，道济衢人蔚有功。
方自千金开寿域，肱非三折见良工。
经横乌几�篱静，门掩朝晖药灶红。
我似病梨无可赋，略烦料理少陵骢。
《全元诗》第五册，杨镰主编，中华书局2013年版，第323页

和干臣齿痛诗韵

硬啮豪餐养老饕，先生编贝若为牢。
热流支脉知来渐，痛拔孤根讶许高。
纵使舌存宜晦默，更堪心苦恣燋劳。
休休事事从轻减，急手先须止浊醪。
《全元诗》第五册，杨镰主编，中华书局2013年版，第326页

折齿吟自慰

朝来齿折五神惊，势若山为朽壤倾。
缺豁丑于韩子态，啸歌妨尽幼舆情。
病根何益华池漱，五色空传幻术生。
骈洁浮危难自取，世间何物不亏盈。
《全元诗》第五册，杨镰主编，中华书局2013年版，第326页

耳聩有感

人生五十未全老，天遣吾聪用晦明。
怪志虚传三耳异，省心先得一根清。

脑鸣日作蜩蝉噪，霆迅时无匕鬯惊。
物壮而衰自然理，家翁称誉转尊荣。

《全元诗》第五册，杨镰主编，中华书局2013年版，第336页

题眼科杜金山卷

白日青天堕晦冥，百年未满若为生。
金鎞一刮神光烂，此艺争传杜氏精。
心火燔空水下濡，外腴中涸已堪吁。
双眸眊眊青灯底，忍更看书似老奴。

《全元诗》第五册，杨镰主编，中华书局2013年版，第535页

方回

方回（1227—1305），字万里，号虚谷，别号紫阳山人。徽州歙县（今属安徽）人。南宋理宗时登第，后任严州（今浙江建德）知府。善论诗文，论诗主江西派。晚年崇尚道学，学宗朱熹，罢官后，致力于诗，选唐、宋近体诗加以评论，取名《瀛奎律髓》，共四十九卷。

至后承元辉见和复次韵书病中近况十首

千金营可致，一句得应难。积债真无奈，成诗且自宽。
冰皲穷朔漠，火瘴度瓯蛮。不似山中好，归欤遂挂冠。
曾被卑辞误，吾尝笑绮园。共欺蛇帝醉，不保橘奴根。
病起晴冰破，禅悠冻石温。向来腐余梦，拂拭了无痕。
昔可今恶可，人能我不能。已无换马妾，惟有打门僧。
幼妇惭前作，愚公定别称。少狂老方悔，焉用一科登。
往事付杯酒，残生余福巾。更须占大衍，久已玩同人。
犒少慵奴懒，迎迟过客嗔。悔曾迷宦海，素不媚钱神。
病无医自愈，餐饭渐如常。懒剔书灯暗，闲挼药纸香。
就令穷有鬼，终爱醉为乡。输与诸年少，从军过乐浪。
闲居已三载，不忆旧专城。未暇忧饥冻，惟便免送迎。
飞花棋上落，幽鸟枕前鸣。寒极如春月，新笃绿酒成。
骚坛君肯将，吾敢与争权。风月三千首，江湖四十年。
老思骑竹马，穷笑惜苔钱。此味诸人会，遣灯或许传。
邻人窥小圃，篱落倚村庄。雪屋晴窗净，山炉焰火香。

异花看又数，隙土步频量。拟筑新亭小，如山债未偿。
病来诸事懒，于世百无求。古帙蟫吞字，闲鞍鼠断秋。
佳招差可谢，新咏决须酬。耳聩头昏极，君诗到即瘳。
剩欲延诸彦，嘤嘤聚友声。尚堪紬古玩，只愧乏珍烹。
君健松髯碧，吾衰瓠顶赪。何当即勿药，环席百杯行。

《全元诗》第六册，杨镰主编，中华书局2013年版，第38页

病因饮致

痰锁挂喉管，疮钉突齿龈。猥勤无算爵，肯顾不赀身。
未即容殂谢，徒令受楚辛。果能深避地，何敢妄尤人。

《全元诗》第六册，杨镰主编，中华书局2013年版，第140页

病稍愈戏书三十韵

药滓弃盛钵，药贴堆满案。药价殊不廉，药效一何缓。
身昔未病时，饮啖百无惮。一病半月余，食味等土炭。
昼睡反多夜，夕呻每彻旦。席硬骨加痛，衾垢肤转汗。
三更渴吻急，强起揭书幔。灯量大如盆，故作红碧烂。
年今五十九，溘死讵足叹。先君抱幽愤，较兹减三算。
杜梅两诗老，声价百代冠。享寿仅及此，官职亦云漫。
又如同学生，何止夭阏半。中道或无成，万事春凌泮。
老我幸已多，苟脱兵火难。剥肤极朘削，糊口就退愞。
造物屡见赦，得失互惊惋。未容遽朽腐，更遣足忧患。
假如即不起，游魂去常干。殓具无可陈，襄事孰与赞。
二儿寓邻州，两月消息断。何时捐别业，理舟抵归岸。
人生良艰哉，受此世缘绊。抢榆及抟风，各各凭羽翰。
至灵可不如，外攻乏中捍。自非有仙骨，宁免寒暑锻。
彭殇终同途，颜跖匪殊贯。形凝靡不销，气聚会有散。
达者悟期理，卢胡一笑粲，排闷写心谣，治命实非乱。

《全元诗》第六册，杨镰主编，中华书局2013年版，第141页

入五月病二七日

病已捐蒲酒，寒犹拥絮衣。形骸元自劣，气候每相违。
人死朝朝有，吾衰事事非。尪羸存喘息，聊复信天机。

《全元诗》第六册，杨镰主编，中华书局2013年版，第141页

生日病中

偶复逢生旦，何知迫死期。老真难弹病，贫实怕迎医。
自拟修埋志，谁犹□寿诗。不应六旬叟，未减一分痴。

《全元诗》第六册，杨镰主编，中华书局2013年版，第141页

秋暑家多病者

酷暑端何物，穷居值此辰。交秋六七月，连病两三人。
虚屈名医至，深怜老子贫。婢慵吾亦愧，煮药缺乌新。

《全元诗》第六册，杨镰主编，中华书局2013年版，第149页

早起煮药

五更钟已动，起步望中庭。东壁忽闻雨，西窗犹见星。
□□燃小灶，汲水净空瓶。儿子归来好，年来乏使令。

《全元诗》第六册，杨镰主编，中华书局2013年版，第149页

读《素问》十六首

昼夜雨不止，旬余复旬余。垢衣裹弊絮，念已朱夏初。
逆旅何可处，出门但泥涂。属时乏美酒，积闷无由除。
翻阅故箧中，偶得黄帝书。维昔世未季，曰土牧田驹。
五运今未测，飘骤将焉如。大谷十二俞，孰砭斯民愈。
真人古不死，变形能登天。圣人乃其亚，在宥亦长年。
尧舜寿踰百，犹若腒腊然。后世妄庸子，多欲求神仙。
上古僦贷季，色脉通神明。人处禽兽间，于物澹无情。

针石有不用，祝由足移情。世降尚毒药，一误百祸生。
煌煌金兰室，历历玉版文。伏羲之所为，传逮轩辕君。
妙测天人际，岂徒针药云。予实有左癖，此岂非三坟。
素问难医书，读之患不精。大可用人国，小亦可用兵。
行所胜不胜，逆从决死生。勿待阴阳间，关格不相营。
反治非反治，缪刺岂缪刺。不同将无同，不异所以异。
寒热故殊途，左右肯易位。圣贤善用权，初不失经意。
窭人冒杀气，感寒多两伤。贵者不期然，所患由高粱。
美石能发癫，芳草能发狂。喜怒不中节，邂逅身亦亡。
方隅各有四，明堂朝八风。圣人以治世，不受外邪攻。
方士祠太一，贵神分九宫。祸福初不验，徒用欺盲聋。
病人有谷气，面黄无不瘳。黄不欲太明，如缟裹栝蒌。
相工摭绪余，喜色占眉头。得非许负术，亦从岐伯求。
尝富后乃贫，其病名失精。尝贵后忽贱，病又名脱营。
区区得丧间，性命系死生。不有穷愁者，著书如虞卿。
故贵或脱势，封君有败伤。良医所不治，其人神已亡。
秦汉以至今，此事纷披猖。失侯可种瓜，奈何失国王。
凡火以水沃，无不立消灭。龙火行雨中，沃水乃愈烈。
甚者则从之，不以寒治热。后主先所因，神圣有秘诀。
三阴与三阳，应天之六气。五行加相火，于地分六位。
羲画箕子畴，恐亦出此意。汉儒灾异学，可择但勿泥。
用针取工巧，用药称圣神。伯高不尽言，极艺未易臻。
针法今鲜传，甚于药杀人。与落庸医手，寡欲全其身。
鬼臾区所陈，太始天元册。后世言阴阳，胥于此焉出。
九星首天蓬，遁甲云古术。要是秦汉间，良医所祖述。
三品别贵贱，四制定奇偶。主病则用之，上药或弗取。
得士寒畯可，量才世胄否。豕苓鸡壅言，吾亦闻庄叟。

《全元诗》第六册，杨镰主编，中华书局2013年版，第220页

春寒久病

似觉今年太坎轲，春寒无策与降魔。
断支酒费贫如故，细读医书病更多。
客梦乡关心破碎，好花时节雨消磨。
时人岂识衣冠会，清朗兰亭晋永和。

《全元诗》第六册，杨镰主编，中华书局2013年版，第330页

寒热不调病一月余

不肯中和按故常，膈痰鼻涕更头疡。
尘飞泥涴三春尽，热熯寒僵一月强。
乍把酒杯嫌药气，屡翻诗卷写医方。
年年忆得古人语，端午棉衣未可藏。

《全元诗》第六册，杨镰主编，中华书局2013年版，第331页

病后夏初杂书近况十首

含桃豌豆喜尝新，罂粟花边已送春。
岂谓单衣挥扇手，仍为败絮拥炉身。
唾壶甫换痰仍满，药贴多夸料不真。
火热冰寒但绝欲，世间疫疠本无神。
怯寒重着旧棉裘，已见盆栽坼绛榴。
自厌一春常服药，忽惊半月不梳头。
画评懒与痴儿辨，诗序难禁晚进求。
带砺有盟犹未保，当时谁识种瓜侯。
骎骎七十保余龄，鱼眼无眠夜夜醒。
魂梦不迷神女雨，形容欲似老人星。
参同契注房中术，归去来辞座右铭。
却笑空王太肤浅，张皇浪说八师经。
客楼卧病过花时，老态如狂复似痴。

甚欲不餐烟火食，颇能时赋草茅诗。
余生自晓寸关尺，他日谁传髓骨皮。
少许青梅倾斗酒，心醒貌醉尔焉知。
初扫蚕今欲茧时，无朝无暮雨垂垂。
渔家长价蓑衣贵，种户流涎麦饭迟。
跬步过从难跋步，等闲脱着系安危。
肉芝石髓身中有，可向山灵遽朵颐。
六年三潦困余黎，谁识他年旧浙西。
靡有孑遗何可忽，不知归去果安之。
属方理屋又闻漏，垂欲出门仍畏泥。
家在穷山乱云外，自惭无策救儿饥。
今年春夏极穷忙，日检医书校药方。
甫得木瓜治膝肿，又须荆芥沐头疡。
一生辛苦身多病，四至平和脉尚强。
寿及龟堂老睦守，不难万首富诗囊。
富儿肥马跃雕鞍，同伴何由识木兰。
拄杖扶携元未老，交床随逐本无官。
三岔路口人心异，百尺楼头客眼寒。
黠鬼老狐足妖怪，架中闲摘旧书看。
妙年刚谓世无愁，汗漫猖狂万里游。
梦里讲经天竺国，醉中横笛岳阳楼。
散花女已无踪矣，老树精今尚在不。
咋舌噬脐更摇手，颜瓢曾瑟外何求。
一切牵缠断孟劳，何金为带紫为袍。
老从杨柳樱桃去，醉肯螟蛉蜾蠃豪。
共庆龙从乾五会，谁工雉食鼎三膏。
折腰彭泽不归去，未必东坡肯和陶。

《全元诗》第六册，杨镰主编，中华书局2013年版，第331页

送医工郭耕道

上古三皇轩农羲，天始有柱地有基。
腹虚与实疗民饥，心塞与开植民彝。
保民性命专厥司，握生杀权名曰医。
万事万物有偶奇，一阴一阳之所为。
五运六气相参差，流行百骸敷四肢。
河堤蚁窍如针锥，荣卫微爽颠不治。
沉里浮表数及迟，指下难明审毫厘。
能肉其骨扶其危，神圣工巧古所推。
汴梁凯旋并门师，代州之郭天下知。
半留中原半南移，大方脉科三百期。
黄金台边驿骑驰，大树古巷传言丝。
趣装北上扬喜眉，药囊香细温风吹。
肘后之祠神护持，《本草》我亦一二窥。
《素问》《难经》手曾披，但于一事似有疑。
左右心肝贤肺脾，女人反此背看之。
叔和脉经无比辞，托名为诀翻支离。
尺盛尺弱分两歧，句拙语俗意有疵。
举世附和莫钳锤，惟晁公武能辨兹。
欲攀易牙别渑淄，郭侯去矣不可羁。
丹砂赤箭参术芝，豕苓鸡雍败鼓皮。
百发百中谨所施，楼护侯鲭勿涎垂。
弘景当有还山期，赠行聊效黄庭诗。

《全元诗》第六册，杨镰主编，中华书局2013年版，第333页

赠医士清溪居士丘通甫

乃翁挟艺专淮乡，使死者生危不亡。
远如扁鹊师长桑，又如近世庞安常。

所交者谁龙虎骧，真李临淮郭汾阳。
军门出入一药囊，精兵十万无金疮。
参苓硝石雄附姜，补泻虚实调炎凉。
晚择所从遨真扬，郤家太尉王东床。
有子有子跨灶郎，半夜衣传肘后方。
清溪居士清名香，心欲识面形参商。
迩来解后古余杭，其言亹亹慨以慷。
七表八里谁能详，三部九候吾独臧。
八十一难声琅琅，《素问》《灵枢》腹为箱。
望形察色起仆僵，馘俘二竖完膏肓。
伤寒足脉根膀胱，过经七日妖灾禳。
度彼没溺君为航，浅学不识空望洋。
若有人兮云锦裳，饮君一剂寿而康。
赠君诗篇金玉相，贯月夜虹光焰长。
乾坤六合何茫茫，生民性命孰翕张。
惟将惟相惟医良，良将无人战卒戕。
良相无人贤士藏，良医无人彭作殇。
焉得万笔千缣缃，屈君著书肩岐黄。

《全元诗》第六册，杨镰主编，中华书局2013年版，第336页

病中夜思

垂及七旬叟，行将三伏时。归期秋未定，病势夜尤危。
眼困终难寐，心明尚可医。阴寒伺阳燠，间隙不容丝。

《全元诗》第六册，杨镰主编，中华书局2013年版，第341页

胡祇遹

胡祇遹（1227—1295），字绍闻，号紫山。磁州武安（今属河北）人。于世祖朝历任户部员外郎、右司员外郎、太原路治中、河东山西道提刑按察副使、荆湖北道宣慰副使、济宁路总管及山东、浙西提刑按察使等职。后召拜翰林学士，未赴，改任江南浙西按察使，不久以疾辞归。元成祖元贞元年（1295）卒，谥文靖。著有诗文集《紫山大全集》六十七卷，今存二十六卷，另有《〈易〉解》三卷，《〈老子〉解》一卷，原本均不存。

读《论语》自警

人心本无病，致病皆人为。私欲生百疾，圣人乃良医。
用药各对症，疾去心融洽。君卿大夫士，周纲断维持。
奢僭至倾夺，习熟不为非。礼乐存虚文，虚文亦崩隳。
邢政遗余迹，余迹亦陵夷。一时为学人，良心陷昏迷。
受业七十子，气禀各不齐。圣眼如日月，照见毛髭疵。
随问随答应，满意饱载归。《论语》书一编，我将类町畦。
各人言行下，病药两相随。一一反自省，有无此欠亏。
一言即一药，服之有余师。

《全元诗》第七册，杨镰主编，中华书局2013年版，第4页

腹疾自警

胃廪良有限，口贪欲多有。多欲无所容，养生反招咎。
迩来得腹疾，诸药莫愈救。自思致疾源，祸腹以悦口。
口悦媚斯须，腹疾系夭寿。美味如佞人，急拒已喜受。
所以神禹心，覆杯恶旨酒。养小以失大，兹言铭不朽。

《全元诗》第七册，杨镰主编，中华书局2013年版，第44页

题医者王庭训素轩诗

素轩与予少平者，李侯携纸来征诗。
端人取友慎许可，敢以不敏三致辞。
一篇黄帝书，万世医者师。
素轩世医业，研究心孜孜。
尚友启玄子，每恨不同时。
要当论难立新说，一字废睡终夜思。
学医到如此，人命诚所司。
乾坤造物或失中，力与六气调安危。
病来闻问识源委，器使百药如家儿。
古今方论充栋梁，曲蹊方径非所知。
当年有无上池水，徒骇视听夸神奇。
人生宁可食无肉，不可一日无良医。
节食服药最我老来事，安得移家相近朝暮相追随。

《全元诗》第七册，杨镰主编，中华书局2013年版，第73页

杨公远

杨公远（1228—?），字叔明，号野趣居士。歙县（今安徽黄山）人。善诗工画，终生未仕。《元诗选》等书未收其作品，诗论家亦很少提及其人其诗。有诗集《野趣有声画》二卷。

病　腰

偶病腰疼失步伤，艰行终日坐胡床。
非干骑鹤因钱重，岂是悬鱼为带长。
倒屣蔡邕那敢效，休官陶令却相当。
名方细检无良剂，只好频频酌酒浆。

《全元诗》第七册，杨镰主编，中华书局2013年版，第229页

病起三首

一病已兼旬，朝来试整襟。眼前惊雾散，耳底怪蝉吟。
检点尘侵砚，爬搔雪满簪。春归浑未省，绿树又成荫。
弹指叹吟身，悭悭满六旬。维摩宁久病，孺子岂长贫。
虽欠诗边兴，还存笔底春。莫言憔悴损，梅瘦越精神。
病起觉痴聋，徐行脚蹑空。杖能供半力，药已奏全功。
整顿身仍健，优游道未穷。呼儿涤泓颖，拂素貌渔翁。

《全元诗》第七册，杨镰主编，中华书局2013年版，第268页

王　圭

王圭（生卒年不详），字敬仲。宣城（今属安徽）人。元初隐居不仕，王璋之兄，两人皆以诗名，工于五言。诗存《宛陵群英集》《诗渊》《宛雅初编》等集。

赠医者计半惺

萧然方丈室，君到每流连。野蔌供盘馔，山醪当药饯。
苦求新句赠，肯写古方传。旧业吴中住，东游得几年。

《全元诗》第九册，杨镰主编，中华书局2013年版，第136页

赠计半惺

计子囊书解活人，雅游平昔旧交情。
人言儿女知康伯，我觉衣冠愧宋清。
携家市隐随生计，访客山行数药名。
只恨年来缘酒病，一樽相对不同倾。

《全元诗》第九册，杨镰主编，中华书局2013年版，第136页

姚 燧

姚燧（1238—1313），字端甫，号牧庵。洛阳（今河南洛阳）人。早年师从许衡，至元十二年（1275）授秦王府文学，后官历陕西汉中道提刑按察副使、翰林直学士、大司农丞、江东廉访使、江西行省参政。至大元年（1308）为太子宾客，又拜太子少傅。次年（1309），授翰林学士承旨。至大四年（1311）告老南归。有《牧庵集》五十卷行世。

京师病中六首

埏土以为杯，小大不异形。尺梃以叩之，千百不同声。
耳去目能几，同异乃尔争。二物于吾身，受形与俱生。
云何一易地，闻见皆聋盲。况于六合间，扰扰群黎行。
妍丑既殊状，贤德岂齐情。区区出门交，心曲安可明。
朊仕初足华，终竟外侮撄。人云御之策，惟有安归耕。
古人不若意，得酒以自欢。而我不能饮，安敌忧患干。
卧病两月周，日夜防庳残。神州桂玉地，富室居犹难。
三千里外身，驱率就一官。吹灰终不然。岂但积棘寒。
囊空到称假，岂能久盘桓。又顾穰城家，新立四壁车。
小儿虽善步，神骨尚未完。吾家三族中，慰意独此看。
思之肠九回，何以生羽翰。少年厌治生，但慕官爵好。
骑马虽高盖，奔走长安道。虽有良田园，废没但芜草。
及为荆楚宪，尽室辞丰镐。登山复涉水，往费尤浩浩。
黄金火销冰，质卖无一保。岂无升斗入，丧失岳山倒。

沧海去悠悠，白日行杲杲。朱颜先憔悴，素发乱蓬葆。
今年四十九，知非殊不早。稔嚼世味薄，满口木肤槁。
人云丰城后，接武瀛洲岛。安知走朱门，惟去是求祷。
朝允暮载途，南土甘投老。买宅亦已得，求田不多宝。
此邦衣食易，宜稻及桑枣。时节劳晨苦，对酒盘一考。
与汝车上妻，从人唤翁媪。束发慕玄理，佩服三皇篇。
干周粲可亲，不受天老传。得此西南朋，飞龙亦潜渊。
神哉中夜气，使我沉痾痊。如何负道德，亹亹区中缘。
逝将脱尘鞅，庶永桑榆年。寒风振虚幌，兰膏淡无姿。
披衣复抚枕，倾耳候晨鸡。夙昔不成梦，怃然嗟吾衰。
盛年苟无闻，光景忽若驰。欲为流水吟，朱弦为谁挥。
耻从季主卜，将与陵阳期。古来方术士，越人与长桑。
采芝炼五石，系肘皆神方。伊余抱微病，汤液已遍尝。
斯人不可见，反侧心烦伤。倏悟养生理，静极神明康。
致物以却老，嗤此竟渺茫。

《全元诗》第九册，杨镰主编，中华书局2013年版，第145页

赵文

赵文（1239—1315），初名凤之，字惟恭，又字仪可，号青山。庐陵（今江西吉安）人。南宋亡，入闽为文天祥门人，并曾入其幕府参与抗元活动。元初隐居不出，后为东湖书院山长，选授南雄路儒学教授。晚年研读理学，潜心诗文，著有《青山集》三十一卷。

采芝

晨登屋后山，采采山上芝。可怜松上雨，滴滴沾我衣。
盈筐颇磊落，满意持之归。童子见我来，拍手共笑之。
薄者实杀人，荡荡光陆离。厚者不能光，食之有余滋。
我感童子言，叹息成涟洏。古来用人者，或以簿见奇。
一时误采取，后悔那可追。乃知古人智，不似童子痴。

《全元诗》第九册，杨镰主编，中华书局2013年版，第231页

蒲寿宬

蒲寿宬（生卒年不详），号心泉。其先为西域人，后与其弟蒲寿庚至泉州参与贸易活动，定居于泉州（今属福建）。蒲寿宬出身富贵之家，资财殷实且有海船数艘，因之提举泉州市舶司。宋亡之际，益、广二王航海至泉州，时蒲寿宬闭城门不纳，宋亡后，其著黄冠野服而称处士，遂终。有《心泉学诗稿》，原本不存。

赋枸杞

神草如蓬世不知，壁间墙角自离离。
辛盘空芼仙人杖，药斧惟寻地骨皮。
千岁未逢朱孺子，四时堪供陆天随。
霜晨忽讶春樱熟，闲摘殷红绕断篱。

《全元诗》第九册，杨镰主编，中华书局2013年版，第310页

顾　逢

顾逢（1240—1313），字君际，号梅山。吴郡（江苏苏州）人。宋末进士不第，学诗于周弼。与陈泷、汤益、高常，并称苏台四妙。陈永曾集四人作品为《苏台四妙集》。入元后，隐于钱塘地区，后出任吴县儒学教授。有诗集《梅山集》十卷，未见传本，另著《船窗夜话》一卷，《负喧杂录》一卷。

病中怀邓觉非

卧病寂寥中，浮生悟得空。半床清夜月，一枕破窗风。
旅思闻孤笛，秋声过断鸿。可人长入梦，簪盍几时同。

《全元诗》第十册，杨镰主编，中华书局2013年版，第64页

林 昉

林昉（生卒年不详），字景初，号石田。粤（今广东）人。有《石田别藁》。

病 目

病目两旬余，深斋只另居。客知多寄药，妻劝少看书。
畏热灯羞近，贪凉发屡梳。平生心喜菊，因此胜栽锄。

《全元诗》第十册，杨镰主编，中华书局2013年版，第113页

萧 㪺

萧㪺（1241—1318），字维斗，号勤斋。奉元（陕西西安）人。早年出为府史，后隐居南山读书三十年，忽必烈召其侍潜邸，以疾辞。授陕西儒学提举，不赴。后授贤直学士、国子司业、集贤侍读学士，皆不受。至大元年（1308）拜太子右谕德，扶病至京师。后因病去职，死后赐谥贞敏。有《勤斋集》。

病疗自警

我生忧患苦相仍，欲话茫然数不胜。
羸臂八年三见折，危魂一夕九为升。
体胖心广嗟何及，族大子贤那有征。
一事从今须十虑，吹齑当为热羹惩。

《全元诗》第十册，杨镰主编，中华书局2013年版，第210页

张伯淳

张伯淳（1243—1303），字师道，号养蒙先生。崇德(今浙江桐乡)人。宋末举进士，仕为太学录。至元二十三年（1286），荐授杭州路儒学教授，后迁浙东道按察司知事，擢福建廉访司知事。至元末元世祖召见，后拟重用，固辞，遂授翰林直学士。大德四年（1300）起为翰林侍讲学士，大德七年（1303）卒，谥文穆。由后人访求遗文编成《养蒙集》十卷。

题王仲辉仁寿堂

天所赋为命，人人可百年。一为嗜欲汩，善端何由全。
外邪乘罅入，动是爽节宣。所以古良医，匕剂日以痊。
人力可到处，而得全其天。倘无恻隐心，物我将判然。
跻民仁寿域，医术等相权。王君升名家，棠棣英华联。
去年客滦江，一见如宿缘。相忘人海里，迹远心拳拳。
遥想堂中景，风月浩无边。所托不在物，知君有足传。

《全元诗》第十一册，杨镰主编，中华书局2013年版，第203页

病齿四首

萧萧一室老维摩，风日佳时电影过。
病里不分春早晚，子规啼处夕阳多。
自谓闲中不负春，得闲无奈病魔生。
卧游翻觉尘缘少，长遣湖山入梦清。

缄口支颐据一床，忧愁风雨减韶光。

钱塘未必名医少，自恨生无试药肠。

宿有愆尤在齿牙，闭门经月卧沉疴。

杏园旧梦还重醒，无奈红绫饼啖何。

《全元诗》第十一册，杨镰主编，中华书局2013年版，第216页

刘敏中

刘敏中（1243—1318），字端甫，号中庵。章丘（今属山东）人。至元十一年（1274）由中书省掾史擢兵部主事，拜监察御史。官历燕南肃政廉访副使，翰林直学士兼国子祭酒，大德七年（1303）以宣抚使巡行辽东、山北诸郡。除东平路总管，擢陕西行台治书侍御史。大德九年（1305），召为集贤学士，元武宗即位后召至上京，后相继拜河南行省参知政事，又改授治书侍御史等官职。在翰林学士承旨任上以疾还归乡里。延祐五年（1318）卒，追封齐国公，谥文简。有《中庵先生刘文简公文集》二十五卷，词集《中庵乐府》，另有《平宋录》三卷。

病起喜书

一病经秋遂涉冬，及兹小愈得从容。
药材深感诸人送，客礼多惭稚子供。
整顿小诗才试笔，扫除残雪欲携筇。
殷勤邻翁来相报，明日当开腊酒封。

《全元诗》第十一册，杨镰主编，中华书局2013年版，第280页

赠医者魏身斋二首

一身皆备乾坤理，人异其身理则同。
须尽异同同异处，十全方许策奇功。
有身有患知难已，良相良医不易寻。

一技惊人众疾愈，身斋能事野斋心。

《全元诗》第十一册，杨镰主编，中华书局2013年版，第295页

病　夜

凉风吹树惊秋夕，梦回月照窗纱碧。
倚窗看月玩清影，悄如独鹤病岑寂。
薄云忽过庭庑暗，三两微萤照东壁。
山人搔首了无寐，静听百虫泣何极。
梧桐更着疏雨滴，慨然作歌陶壮心，
歌不成章空太息。

《全元诗》第十一册，杨镰主编，中华书局2013年版，第336页

送王府太医房唐卿

病夫病眼逾两月，废尽文书首独搔。
得子囊中一丸药，豁然还欲察秋毫。
莫惜尊前手重分，梁王宾客正须君。
只应后日寒山路，回首东南望白云。

《全元诗》第十一册，杨镰主编，中华书局2013年版，第341页

左臂寒痛不可忍，因忆医方有虎啮之说，乃作是诗知疢疾之可畏也

医方有痛疾，是谓白虎啮。昔尝疑其诬，今始信其说。
平生凭妇臂，欲为护啮折。小啮恒呻吟，大啮遽叫绝。
便恐魂魄散，何计骨髓裂。迨兹十昏旦，遥牙未肯辍。
默祷诉上穹，孰虎俾为孽。虮虱臣生微，惨毒有是烈。
虎岂惟臣毒，远迩无稚耋。愿敕卢扁辈，大纵北平猎。
尽使虎孽除，臣得冤苦雪。

《全元诗》第十一册，杨镰主编，中华书局2013年版，第348页

赠眼医

五轮主五脏，五脏配五行。炯然神明珠，乃是五行精。
气一有不胜，患斯从之生。养内以及外，造次安敢轻。
众人忘其躯，逐物不自惩。晏安怀鸩毒，嗜欲伐天荣。
茫茫是非尘，日夕摇双睛。坐看明月朗，忽变阴云冥。
静室开空花，清池乱浮萍。世医昧本末，所习传非经。
纷纭针与膏，诳惑流俗惊。焉知一瞬错，足成百年盲。
夫子古真人，洞照天地情。轩岐略遗迹，道技通仙灵。
无惜三昧手，福此一世氓。愿令瞽盲瞽，继为离娄明。

《全元诗》第十一册，杨镰主编，中华书局2013年版，第377页

多　病

多病少人事，长忧卖药钱。缓行同鹤步，气息学僧禅。
香篆晴偏好，松窗晚更妍。出门多俊杰，余拙亦宜然。

《全元诗》第十一册，杨镰主编，中华书局2013年版，第379页

戴表元

戴表元（1244—1310），字帅初，一字曾伯，号剡源。庆元奉化（今属浙江）人。南宋咸淳七年（1271）进士，授建康府教授。元兵南下，以教授生徒维持家用。元成宗大德八年（1304），授信州教授。大德十年（1306），再调婺州教授，以病辞不就，晚年以老病不任。其诗风多感伤悲悯，有诗文集《剡源戴先生文集》三十卷。

赠针医范秀才

不但针经熟，言谈语语真。炼形如铁佛，信手合铜人。
秘摄鱼千里，空飞鹤当轮。功成倘相挟，平地脱风尘。

《全元诗》第十二册，杨镰主编，中华书局2013年版，第127页

王　旭

王旭（生卒年不详），字景初。号兰轩，东平（今属山东）人。以诗文名于当时，多流露怀才不遇之感。元世祖至元二十七年（1290）主持县学讲席，一生未入仕。有《兰轩集》二十卷。

病　起

病起行吟近水湄，水中形影照支离。
城头老树群鸟集，涧下长松独鹤知。
赖有青毡为旧业，不妨白发待明时。
卖诗欲买云山隐，又恐云山不疗饥。

《全元诗》第十三册，杨镰主编，中华书局2013年版，第74页

病卧戏成一诗呈张元侃同知

矍铄方矜老据鞍，岂知祸出不防间。
骅骝作怒生三蹶，老子翻空就一砼。
痛为连腰身莫转，药因调酒面尝殷。
此时有恨君知否，误却来朝朝泰山。

《全元诗》第十三册，杨镰主编，中华书局2013年版，第74页

方　夔

方夔（生卒年不详），又名方一夔，字时佐，自号知非子。淳安（今属浙江）人。宋末，举进士不第，入元，以讲授生徒为业，时称富山先生。有《富山遗稿》十卷。

药圃五咏

杞　菊

药中有杞菊，甘食比蔬菜。维昔陆与苏，赋咏穷梗概。
搜寻入吾圃，孤根擢荒秽。未能竞俗好，堇堇生意在。
辛荑满袖衽，枝叶不一采。少需摘绛实，叠叠贯珠琲。
岁晚脱皮毛，凉叶苏渴肺。灵厖守我宅，无复逐夜吠。

甘　菊

楚客赋夕餐，经传不著名。野菊或杀人，神农著醫经。
此品甘且辛，丛生数千茎。分种不封囊，移根或盆盛。
啖茶摘其叶，觞酒啜其英。风霜振枯槁，气味老更成。
平生攻苦淡，矜此岁晚情。不独醒头目，吾其寄余龄。

白　术

白术号山姜，以西北为上。近来出古潜，何必论地望。
老鸦衔子去，往往生绝嶂。岁久根株成，细大极殊状。
洗削事煎烹，补冷逐虚涨。彼哉不好事，蜜浸溢瓶盎。
游媚富贵人，远作千里饷。平生不为口，我欲御烟瘴。

川芎

芎苗高一丈，细花如申椒。不独服芎根，衣佩或采苗。
清芬袭肌骨，岁久亦不消。所以湘浦客，洁修著高标。
我老苦多病，风寒首频摇。愿移一百本，溉根豁烦嚣。
虽无下女遗，干叶插盈腰。逃泥贯旦暮，不学楚人谣。

茯苓

老松踰百围，名为栋梁材。孤根虽故在，不复萌条枚。
生意无处泄，浩浩还根荄。结为千岁苓，肤色状琼瑰。
洗曝不遗力，药裹手自开。羊枣出河北，胡麻来天台。
蒸以白砂蜜，盛以红瓷杯。一朝服食尽，玉色还婴孩。

《全元诗》第十四册，杨镰主编，中华书局2013年版，第87页

吴　澄

吴澄（1249—1333），字幼清，晚字伯清。抚州崇仁（今江西乐安）人。自幼聪慧、勤奋好学，宋末举进士不中。宋亡后潜心著述，隐居家乡以讲学，时称草庐先生。至大元年（1308），被征召任国子监丞。元英宗即位，任翰林学士。泰定元年（1324）为经筵讲官，敕修《英宗实录》。书成，再次称病还乡。卒后追封临川郡公，谥文正。一生著述颇丰，有《吴文正集》四十九卷，为其孙吴当所编。另有《易纂言》十卷，《书纂言》四卷，《礼记纂言》三十六卷，《春秋纂言》十二卷等。

赠黄医

善药已三世，奇功可十全。尔能诚浩博，此业更精专。
落落犹洴绕，纷纷竞蜡鞭。因之赠慨叹，民命付苍天。

《全元诗》第十四册，杨镰主编，中华书局2013年版，第248页

赠杨教授并序

敕授武昌路医学教授杨用安存心，吾邑左港大姓也。行医出外，已历三世矣。存心用药治病之外，善诊太素脉，预定前程休咎、耆数修短，其术尤异。因其过我，诗以赠焉。

医业已三世，药功能十全。脉精平旦诊，事测数年前。
奇中嗟工巧，预知疑佛仙。期君还旧里，共咎内经玄。

《全元诗》第十四册，杨镰主编，中华书局2013年版，第255页

赠杏隐车省医

萤囊前哲行，虎彀后身仙。善药名三世，良医功十全。
达官崇礼敬，芳闻远流传。阴德须冥报，儿孙食万钱。

《全元诗》第十四册，杨镰主编，中华书局2013年版，第255页

赠杏林吴提领

董仙采石频收谷，石子成名亦悟真。
重见杏林林下客，賸分梅岭岭头春。
一心恻恻生慈悯，万命悬悬正苦辛。
我欲乘风问良相，急投刀匕活疲民。

《全元诗》第十四册，杨镰主编，中华书局2013年版，第288页

赠杨医士

饱听人称李与张，名声新起赵州杨。
已谙《本草》攻奇疾，更遇长桑得禁方。
一刺能逃痴竖子，十全当二大医王。
汗颜寸技无知者，日月看题检药囊。

《全元诗》第十四册，杨镰主编，中华书局2013年版，第296页

赠医人陈良友

直躬为惠不为贪，股折肱存幸未三。
施报稍乖疑有怠，精坚自誓转无惁。
人虽微疾肯坐视，药试奇功在立谈。
丹候孰知消息事，相逢一笑问图南。

《全元诗》第十四册，杨镰主编，中华书局2013年版，第328页

送范文孺痔医

蒙庄超世外，有患不到身。寓言贬秦医，托以讥时人。
遑知血肉躯，微苦尤嚬呻。安得希文者，普救疾灾民。

《全元诗》第十四册，杨镰主编，中华书局2013年版，第329页

刘　因

刘因（1249—1293），字梦吉，号静修。雄州容城（今河北容城县）人。早年于乡里授徒为业，颇有名声。至元十九年（1282），擢承德郎、右赞善大夫，以母病辞官。至元二十八年（1291），授以集贤学士，因病辞。至元三十年（1293），病逝，追封容城郡公，谥文靖。于天道观方面，主张“专务其静，不与物接，物我两忘”。为学方面，主张读书“必先传注而后疏释，疏释而后议论”。著有诗文集《静修集》。

学东坡小圃五咏

枸　杞

仙苗被城郭，闻之杞国人。始疑制名初，义与荆杨均。
远惭勾漏令，空望黄河滨。常山古灵润，烟霞流余津。
青荑发丹乳，厚饷谢我神。世人厌肥腻，思与雅淡亲。
客来荐蔬茗，用以华吾贫。方书自有本，疑信未敢真。
偶思青城山，山人寿且淳。手持羲皇书，念此区中民。

地　黄

山行多上药，地贱名亦辱。村民夸善染，功能竟谁录。
仙翁种艺法，隐处未成卜。旅居容小试，膏土果深斫。
倾筐如有秋，灵液光润屋。俯鉴盆影中，华发已思绿。
九酝谢清泉，邻墙浥余馥。朝阳发苍凉，与世解醒毒。

元气久萧索，内热纷相逐。黄鹄凭寄声，山中酒方热。

甘　菊

金行发黄素，风露饶甘馨。政使非上药，犹当充前庭。
对花诵陶诗，持诗问渊明。帝乡不可期，安用制颓龄。
忍饥啖松柏，直以奴仆轻。东坡岂妄言，空腹嚼落英。
采采还自笑，君今何所荣。无病不服药，郡子有深情。
寿夭付天公，欧阳差失平。吾心在蠲疾，持此报两生。

薯　蓣

玉延事韬养，巧壤深以密。短椄受柔条，葱郁护风日。
贫居乏肉味，劳力苦羸疾。松声泛绿畦，梦闻石鼎溢。
初疑汤饼滑，乍见晴云出。和饮宜杏酪，煎糜缕崖密。
饷邻报吹芋，留客代煨粟。入药宜自撰，留种戒忽失。
奇人分尝薄，计用今六七。灵物闻善化，慎勿轻呵叱。

黄　精

黄精晚得名，丹家贵失草。藉藉仙经中，参术避华藻。
名高有物忌，榛莽几摧倒。春风入沟畹，英翘忽已好。
感子灌溉恩，糜身锡难老。岂无难老愿，所愿在探讨。
世变阅无穷，乾端见更造。此志理难逐，敛之寄襟抱。
释尔任重忧，岁晚共一饱。

《全元诗》第十五册，杨镰主编，中华书局2013年版，第26页

梦采松脂及甘菊

栖迟负松菊，梦寐得甘馨。隐逸喜同臭，流膏味独青。
人谁借三径，天欲制颓龄。毛骨清犹在，枕边霜露零。

《全元诗》第十五册，杨镰主编，中华书局2013年版，第77页

观药炉自戏

无病不服药，此怀清更嘉。欧阳或有道，韩子岂无瑕。
羸疾嗟予久，名方信彼夸。回头谢鸡犬，何日是仙家。
地髓服仙草，黄精失采花。征求便亲友，炊爨罄樵车。
绥败从人笑，偶成容我夸。侧闻童仆语，辛苦是仙家。

《全元诗》第十五册，杨镰主编，中华书局2013年版，第78页

移甘菊

移晚戒前岁，植根先此秋。亲尝杖屡遍，严课仆童忧。
小蕊终年计，新黄一饱谋。区区叹莎棘，陆子谩多愁。

《全元诗》第十五册，杨镰主编，中华书局2013年版，第85页

采野苣

粪壤自肥腻，灵苗绝世纷。炊余更香美，甘出苦难分。
宜酪法新得，轻身方久闻。野人聊自享，未敢献吾君。

《全元诗》第十五册，杨镰主编，中华书局2013年版，第85页

食菰白

采食陂塘利，分甘野老心。杯盘收浩渺，蘋藻避清深。
命婢即能识，招邻亦见临。吾乡希此味，咀嚼有吾音。

《全元诗》第十五册，杨镰主编，中华书局2013年版，第85页

多　病

多病年来放尽慵，一龛坚坐避深冬。
欲忘言处饮先醉，不得意时山故浓。
只许国人知我陋，无妨高论笑吾慵。
西岩近有仙芝种，为谢白云著意封。

《全元诗》第十五册，杨镰主编，中华书局2013年版，第91页

采　药

黄精著雨宜深斸，柏子经霜可烂收。
莫道游人浑懒散，一年忙处是深秋。

《全元诗》第十五册，杨镰主编，中华书局2013年版，第151页

行药有感

未言先叹少知者，有客每忧无可人。
偶到阶前见芳草，乾坤何物不归春。

《全元诗》第十五册，杨镰主编，中华书局2013年版，第153页

程钜夫

程钜夫（1249—1318），初名文海，号雪楼，又号远斋。建昌路南城（今江西南城）人，祖籍郢州京山（今属湖北）。南宋末，随叔父降元，入为质子授宣武将军，累迁至集贤直学士。至元二十四年（1287），拜侍御史，行御史台事，后官历大江南湖北道肃政廉访使、翰林学士承旨，至大元年（1308）修成《元成宗实录》。泰定二年（1325），追封楚国公，谥文宪。程钜夫历事四朝，振文风，朝廷典册多出其手，有《雪楼集》三十卷。

疡医三茅蒋法师

辇路逢医总上医，到头谁与问疮痍。
隐居昔往茅君洞，灵药新传蒋法师。
术妙鹊针投血脉，众疑獭髓补肌肤。
药钱不辨将诗准，诗病依然欠事治。

《全元诗》第十五册，杨镰主编，中华书局2013年版，第208页

陆文圭

陆文圭（1252—1336），字子方。江阴（今属江苏）人。南宋末中乡选。宋亡后，于江阴城东隐居，时称墙东先生。延祐（1314—1320）初再中乡试，以疾不应征召。泰定、天历间（1324—1329），设教于容山。精于地理学与医道，有诗文集《墙东类稿》二十卷。

病中寄诸友

五福人间有，吾兼疾与贫。死宁遭疫鬼，生不媚钱神。
采药思方士，贻书荷故人。城东有别墅，风雨失残春。

《全元诗》第十六册，杨镰主编，中华书局2013年版，第68页

病　枕

潇潇风雨夜，病枕厌长更。辗转终无寐，呻吟不绝声。
鼠牙乘壁暗，鸡翼报窗明。辛苦床前婢，频呼睡不惊。

《全元诗》第十六册，杨镰主编，中华书局2013年版，第69页

病枕不寐

大率忧兼病，尤非老所宜。吟愁枯两鬓，时事锁双眉。
瘦削嫌衾薄，醒眠觉漏迟。拒霜三五朵，应爱北风吹。

《全元诗》第十六册，杨镰主编，中华书局2013年版，第69页

病　足

筋寒苦蹠戾，尊足讵能胜。谁谓行多露，全如履薄冰。
城非靴可蹋，阶岂袜堪登？设有蒲轮召，安车未易乘。

《全元诗》第十六册，杨镰主编，中华书局2013年版，第69页

耳聩二首

几年本分做家公，虽是凝顽幸不聋。
何必张皇惊斗蚁，更须辛苦望攀龙。
湿窗暗想催花雨，开户遥知戛竹风。
问夜何其将夜半，元来野寺已鸣钟。
血气衰微性不灵，非非是是几曾听。
胸中不著许多事，天下本来无正声。
但觉飕飕战风雨，谁知虎虎震雷霆。
先生耐静坐终日，怪底作劳吾耳鸣。

《全元诗》第十六册，杨镰主编，中华书局2013年版，第84页

病中四绝

南山处士老尤贫，颇恨故交无一人。
若使知心得良友，更因多病转相亲。
老去无憀病转多，樱桃杨柳奈情何。
故人又比佳人薄，莫怪门前雀可罗。
叶落萧萧雍树根，疏林带郭半颖村。
卧闻车马墙边过，无事呼儿早闭门。
浪说苏公久已仙，岂知翁自厌余年。
雪堂二客能相从，姓字当时惜不传。

《全元诗》第十六册，杨镰主编，中华书局2013年版，第107页

丁亥寿药房先生四首

贺客门关刺莫传，日高厨傅尚萧然。
遥知独鹤苍苔舞，自点丹砂注内篇。
蜀苑梅花号两龙，千年矫立受霜风。
若为健步能移取，远供寒香寿乃翁。
出处穷通若命何，月居南斗类东坡。
底须内翰还公做，堪破已输春梦婆。
曲度珠帘怀吕相，庑排红榜媚韩王。
先生清隐心如水，消得编诗一瓣香。

《全元诗》第十六册，杨镰主编，中华书局2013年版，第107页

熊　禾

熊禾（1253—1312），字位辛，号勿轩，又号退斋。建阳（今属福建）人。幼年便立志于朱熹之学，并访朱子之门左氏而从游之。宋咸淳十年（1274）登进士第，授宁武州司户参军。宋亡，遂隐不仕，创云谷书院。皇庆元年卒。所著有《勿轩先生文集》八卷，另有《四书标题》《易经讲义》《诗选正宗》《小学句解》等传于世。

题林氏药圃

采药来神山，神山在何许。忽闻瀛海头，居然一玄圃。
天风吹轻帆，至人展良晤。圃中药千本，历历皆手树。
我生抱奇疢，岁久不得愈。三年蓄艾心，有此一朝聚。
惠我方匕剂，翛然脱沉痼。吾观此圃中，来游亦无数。
夫岂独我私，一一随所取。同游二三友，牵连亦遭遇。
餐此霞眉余，腾身即飞翥。人生各有累，那得免患苦。
至人略形骸，一视等胞与。过之或忘情，我独刻肺腑。
世人持狭见，一膜便尔汝。比邻立藩墙，边幅生龃龉。
老矣多阅人，知君用心处。斯人匪斯今，意度一何溥。
我尝读西铭，一初混中处。茫茫大化运，上下四方宇。
当作一圃观，何物不储贮。岂但百草性，曾入农氏谱。
奇葩与异石，海陆细分部。金膏丹空青，亦不惮远阻。
是中富台沼，飞泳供盼顾。有时钓弋娱，遗坠拾鳞羽。
铺陈盛筵旦，咳唾好宾侣。歌阑车马散，溲渤遗败鼓。

我知太医生，适用随细钜。水火各燥湿，阴阳互寒暑。
刚汞或柔砂，炎硝或寒附。峻或蓬稜攻，平或参术补。
生材天岂靳，所恨辨者瞽。生人倘有济，我圃足供具。
玄枢掌握间，调齐有其所。悠悠动我思，无怀大庭古。
八荒登春台，一气调律吕。人人无鄙夭，物物不疵窳。
胡然降大厉，使我重凄楚。熏蒸始一气，俄顷遍九土。
缅怀有生初，恫瘝入心膂。恭惟生物心，孰不同父母。
我欲代一笺，飞上九天诉。冥冥天昏深，重关列蛟虎。
至人对我言，天高不堪吁。无宁苍苍求，我圃自有趣。
圃中别有圃，妙处子未睹。中藏六六天，玄玄岂无主。
我尝偕子游，相与诘其故。虽然只方雨，此妙谁赋予。
包括尽六合，剖析入毫缕。一粒蕊珠中，太极有玄姥。
但得斯心存，充拓何可御。至人岂易逢，再拜致我语。
授药不授方，药尽力已去。似闻海上秘，久藏龙宫府。
君今得妙诀，授我勿我拒。珍重千金传，为君广流布。
别君怀不忍，回首重凝竚。千山莽愁人，沧波正烟雨。

《全元诗》第十六册，杨镰主编，中华书局2013年版，第223页

赠医士詹翠峰

我观卦气先天图，更参岐伯答问书。
虽然三坟不可得，此即造化阴阳枢。
超然便可会大道，学不至此应非儒。
医亦其中一事耳，造妙直与神明俱。
后人自是识根浅，九流既裂家法殊。
儒家道家已为二，医术下视史与巫。
苍生百万命安寄，天地生物意亦辜。
日来运气颇自别，颠倒温凉与寒热。
众工庸技漫尝试，须藉良医为宣节。
翠峰直是英杰士，家世箕裘素儒业。

辞章小技我易工，要参大道融明彻。
太上好生无别事，且向医方究施设。
垂帘市肆心自闲，左右图书恣怡悦。
便是羲皇以上人，岂但当年佗扁诀。
今兹出手才小试，邦人感恩已凛烈。
长歌为作儒医行，德君之深望君切。
古称良相即良医，大化烦君更调燮。

《全元诗》第十六册，杨镰主编，中华书局2013年版，第242页

赠外科医者

男儿踏地志四方，出门大路行康庄。
况为驲使期令速，千里万里瞬息将。
云胡邂逅遭一跌，颇觉平陆成羊肠。
古云一蹶得一便，又云三折医之良。
幸逢瞑眩得早瘳，莫若视地足勿伤。
生全天地父母恩，一举足兮慎勿忘。

《全元诗》第十六册，杨镰主编，中华书局2013年版，第243页

马　臻

马臻（1254—?），字志道，号虚中，别号紫霞道士。钱塘（今浙江杭州）人。曾受业于褚伯秀之门，后隐于西湖。大德五年（1301）随天师张与材至燕京行内樵，不受道秩，辞归。至大年间（1308—1311），天师命其为佑圣观虚白斋高士，亦不就。以善画山水花鸟名于当时，其诗多显露遗民情愫。所著有《霞外诗集》十卷。

卖药翁

山人本在山中住，偶向城中卖药去。
不道石潭龙出云，失却朝来下山处。

《全元诗》第十七册，杨镰主编，中华书局2013年版，第25页

卧　疾

双肩渐耸鬓毛垂，不拟秋来病不离。
道友相过惟论药，医人教劝莫吟诗。
每逢胜事因多懒，偶忆儿时益自悲。
历历百年多少事，卧看风袅菊花枝。

《全元诗》第十七册，杨镰主编，中华书局2013年版，第31页

赠梓山桑医士三首

上下膏肓二竖欺，烟霞痼疾我难医。
曾闻适口非良药，刘氏从教未得知。

扁鹊秦和久不闻，桑君百世有神孙。
囊中羞涩胸中富，药券如山总不论。
临淄古有淳于意，苕水今传桑梓山。
已见高名藏不得，长留诗卷在人间。

《全元诗》第十七册，杨镰主编，中华书局2013年版，第71页

赵孟頫

赵孟頫（1254—1322），字子昂，号松雪道人，又号水晶宫道人。湖州（今属浙江）人。宋太祖赵匡胤十一世孙、秦王赵德芳嫡派子孙。至元二十三年（1286），由程钜夫举荐，受元世祖忽必烈礼敬，官历集贤直学士，济南路总管府事，江浙等处儒学提举，翰林侍读学士，翰林学士承旨，荣禄大夫。晚年借病隐退。获赠江浙中书省平章政事、魏国公，谥号文敏。著有《松雪斋文集》十一卷，《赵子昂诗集》七卷等。平生博学多才，能诗善文，尤以书法和绘画成就最高。

赠医者陈国宝

陈侯药石妙天下，已疾功在须臾间。
股肱之臣苦微恙，十年步履行惟艰。
一朝拄杖可弃置，宾客满座喜且欢。
宰相安和非细事，要与四海除恫瘝。
兹事上闻天为喜，行且趣召开龙颜。
功成身退公素志，湖山我欲同跻攀。
陈侯迩来数相见，词气温温语无倦。
何须更觅秦越人，泚笔更惭史迁转。

《全元诗》第十七册，杨镰主编，中华书局2013年版，第290页

黄　庚

黄庚（生卒年不详），字星甫，号月屋。天台（今属浙江）人。宋末曾为太学生。宋亡，游于湖海，写诗为文，多发胸中之豪气，与宋遗民林景熙、仇远等多有交往，并与其组成越中诗社，著有《月屋漫稿》。

赠医者化道人

藜杖横肩过竹扉，半担药笼半担诗。

笑予盘礴山云里，泉石膏肓作么医。

《全元诗》第十九册，杨镰主编，中华书局2013年版，第81页

艾性夫

艾性夫（生卒年不详），字天谓，号弧山。临川（今江西抚州）人。与兄艾叔可、艾寋并称抚州三艾，皆有诗名。南宋末中乡试，宋亡，以教授生徒为业，入元，任江浙儒学提举，晚年寓居钱塘地区。尤善作诗，以五、七言古体为佳，其诗风气势清拔，以妍雅为宗，笔力排荡，精新华妙，脍炙人口，为时绝唱。著有诗集《剩语》《弧山晚稿》皆不存，《四库全书》存有《永乐大典》辑出其诗二卷，统题为《剩语》。

病中即事

支身惟首健，随事与心违。病久药为饭，寒深火是衣。
矮窗看日度，远梦傍云飞。可比梅花瘦，呼童试折归。

《全元诗》第十九册，杨镰主编，中华书局2013年版，第138页

中齿忽折

老丑移形转可吁，凋零已到骨之余。
似因漱石磨成磷，幸免投梭折得疏。
根笋尚如儿龀短，医师欲实火田虚。
喜无乾肺劳吾决，含咀犹能味古书。

《全元诗》第十九册，杨镰主编，中华书局2013年版，第152页

赠广信医博士陈云泉

见说云泉深又深，定知巢入梅棠林。
君医尚副穷时愿，吾道全孤壮岁心。
药笼有方玄白发，苋肠无分服黄金。
近来觅得安身法，诸老先生夜气箴。

《全元诗》第十九册，杨镰主编，中华书局2013年版，第157页

病中闻雁有感

我病无眠守夜阑，汝来何暮尚云端。
去乡万里关河隔，带月一声风露寒。
口腹累人菰米饭，弟兄何处荻花滩。
营门射手桑弓健，止好冥冥惜羽翰。

《全元诗》第十九册，杨镰主编，中华书局2013年版，第178页

医僧洪淡寮见示《金刚经》解集验方，村寺清规皆自著也，诗以归之

不作人间肉食僧，霜髭茁茁骨稜稜。
释经妙在一转语，疗病良于三折肱。
处寺有规能缚律，即心是佛不传灯。
胸中历历前朝事，说到西头气拂膺。

《全元诗》第十九册，杨镰主编，中华书局2013年版，第181页

陈 深

陈深（1260—1344），字子薇，号清全。吴县（今江苏苏州）人。宋亡，闭门读书以著述。天历年间奎章阁臣举荐，不就。一生著述颇丰，有诗集《宁极斋稿》一卷，另有《读春秋编》十二卷，《读易编》《读诗编》等。

赠恒斋葛太医

吴下谦谦抱朴孙，妙年应遇长桑君。
素心皦皦恒如月，一寸灵苗手自耘。
人间无地不巇嵚，刺眼医门剑戟森。
操术不为流俗变，始知夫子有恒心。
少小烟霞痼疾深，已将钟鼎等山林。
年来更有耽玄癖，烦向膏肓为一针。

《全元诗》第十九册，杨镰主编，中华书局2013年版，第228页

吴市售药

山夫聊作市尘居，漫学壶公计已疏。
收卷向来经济策，按头惟集古方书。

《全元诗》第十九册，杨镰主编，中华书局2013年版，第229页

蒲道源

蒲道源（1260—1336），字得之，号顺斋。南郑（今陕西汉中）人，世居眉州青神县（今属四川）。以居家教授生徒为业，通晓性理之学。初为兴元郡儒学正，皇庆二年（1313）征为翰林编修，迁国子博士，延祐七年（1320）辞归。后被召为陕西儒学提举，不赴。晚年归隐，游于林泉。其子蒲机辑遗作，题为《闲居丛稿》。

题江南医者王道人卷

荆国来芳裔，草庐为序文。清修真不忝，许可固宜云。
玉筋臻神妙，金丹脱垢氛。地行仙亦乐，何必蹑青云。

《全元诗》第十九册，杨镰主编，中华书局2013年版，第260页

赠医官靳善长

术精能获十全功，名列贤王荐剡中。
为相为医分职异，活人活国用心同。
逶迤禁御追先达，度越时流齿上功。
莫作区区方技看，似闻吾道亦深通。

《全元诗》第十九册，杨镰主编，中华书局2013年版，第294页

汪炎昶

汪炎昶（1261—1338），字懋远，号古逸民，时称古逸先生。婺源（今属江西）人。早年励志博学，研程朱性理之要，并受学于孙嵩。宋亡，隐于婺源山中，不仕。有《古逸民先生集》二卷，汪炎昶诗，以《宛委别藏》本为底本，并新辑集外诗编为一卷。

齿痛戏成三首

齿应宜脱落，发已旧苍浪。肉食定无分，茹蔬独见妨。
动疑难再稳，痛似忽微长。舌在吾何患，休开肘后方。
疗法人争授，奇功竟未遭。嚼侵惊已折，漱撼喜独牢。
幸不妨黄奶，惟当酹浊醪。子荆泉石约，一笑我将逃。
强把残编阅，支颐坐北堂。味从中夜永，痛偶暂时忘。
意外逢奇药，人间欠此方。仓公如欲觅，寄语不珍藏。

《全元诗》第二十册，杨镰主编，中华书局2013年版，第6页

何　中

何中（1265—1332），字太虚，一字养正。抚州乐安（今江西乐安县）人。南宋末年进士，至顺二年（1331），江西行省平章全岳柱聘其为龙兴路东湖书院、宗濂书院山长。自幼好学，藏书万卷，手自校勘，对《易经》《书经》皆有研习。时程钜夫、元明善、姚燧、吴澄、揭傒斯等皆推服之。一生未仕，以布衣讲学终老，以疾卒，年六十八。诗风平易自然，清新幽致，有诗文别集《知非堂稿》，今存六卷、十一卷等本。

病起舒怀

常时不知老，衰病遽见侵。入喉饭若仇，毒肠药难禁。
始终理夙彻，羁旅情自深。朋友各相念，抚怜出真忱。
踰旬幸能起，四体危嵚嵚。幽馆雨薪霁，绿光倾远林。
梳篱上孤蝶，石笋跳双禽。油油好风来，迎之散衣襟。
欣然若可饮，清爽空烦心。平生事圣学，学定讵能任。
惟应委此身，天壤俱涪沉。

《全元诗》第二十册，杨镰主编，中华书局2013年版，第243页

病中感怀

多病他乡外，孤怀始觉愁。山围双鹭晓，闭门一蝉秋。
遇合冯生铗，勋名季子裘。悠悠耦畊者，端暇为人谋。

《全元诗》第二十册，杨镰主编，中华书局2013年版，第252页

释道惠

释道惠（1266—1330），字性空。籍贯不详，庐山东林寺僧。与宋遗民汪元量、程钜夫、吴澄、释大昕等人皆有往来酬唱。其诗风受宋末江湖派影响较大，清新质朴。论元诗者鲜有提及其人其诗，著有诗集《庐山外集》四卷。

齐安卧病

三昏九夏又秋凉，几见西楼逸夕阳。
散尽黄金求妙药，烧残红蜡品奇方。
窗前尘满收书箧，壁上琴闲古锦囊。
残质自知非李贺，未应天赋玉楼忙。

《全元诗》第二十册，杨镰主编，中华书局2013年版，第350页

早春病中

高林远壑尽红芳，多病维摩卧草堂。
憔悴一身愁昼永，凄凉双耳厌更长。
竹炉火拥春生被，药鼎涛翻香满房。
紫燕亦知人寂寞，穿帘时复语雕梁。

《全元诗》第二十册，杨镰主编，中华书局2013年版，第359页

病　起

素瑟黄卷久无情，最苦沉疴累此生。

秋草半枯庭日暖，自笼双袖绕阶行。

《全元诗》第二十册，杨镰主编，中华书局2013年版，第376页

除夕病中接家书

七尺床头无寸金，寥寥垂死病中身。

伤心一啜屠苏酒，不劝双亲二十春。

《全元诗》第二十册，杨镰主编，中华书局2013年版，第378页

谢罗医士疗疾

髫发瘿奇疾，尪羸三十年。人皆称废客，天独授医仙。

妙用夸神速，沉疴见药痊。三千阴行满，骑鹤上云烟。

《全元诗》第二十册，杨镰主编，中华书局2013年版，第396页

送医僧古禅末上人

太素何仙诀，逢人善举扬。药才旋瞑眩，病已脱膏肓。

火鼎融金液，冰瓯冻玉霜。若除烦恼病，更有大医王。

《全元诗》第二十册，杨镰主编，中华书局2013年版，第400页

韩 性

韩性（1266—1341），字明善。绍兴（今属浙江）人。北宋名臣韩琦后裔，少时饱读诗书，研习性理之说。一生不仕，游于乡里，颇受戴表元赏识。延祐（1314—1320）中荐为慈湖书院山长，不赴。天历间（1328—1329），曾为赵世延举荐任教职，不受。卒后，赐谥庄节先生。有诗文集《五云漫稿》十二卷，另有《礼记说》四卷，《诗释音》一卷，《书辨疑》一卷，《绍兴府志》八卷。

赠外科何大医

政须黄整置丹砂，五气盈虚自一家。
举世痒疴均可念，故人何但吕西华。

《全元诗》第二十一册，杨镰主编，中华书局2013年版，第28页

袁 桷

袁桷（1266—1327），字伯长，号清容居士。鄞县（今属浙江）人。曾任丽泽书院山长。大德元年（1297），荐为翰林国史院检阅官，升翰林应奉文字，同知制诰兼国史院编修官。至治元年（1321），任翰林侍讲学士，参与纂修累朝学录，泰定元年（1324）辞归。卒后，追封陈留郡公，谥文清。有诗文集《清容居士集》五十卷，另著《延祐四明志》十七卷，《澄怀录》一卷，《易说》《春秋说》等。

赠刘医

君不见，东汉赵生试奇术，禁架相传人莫测。
桑皮为脯水为醪，耿耿千年犹庙食。
又不见葛稚川，远穷句漏思得仙。
辛勤纂书集奇怪，金创一吷完如前。
古来长生气为宝，踵息深深神不老。
肯将呼吸逐凡庸，辛苦徒令颜色槁。
羡君妙契合二士，万病相酬一杯水。
参苓远弃药无功，变幻须臾人共喜。
灵龟枯桑终殒生，雁以不鸣曾见烹。
谁言静默解自致，奔走歧路方喧争。
我生守口今已喑，气涌如山空苦心。
漫将寸颖写奇崛，纷纷过眼谁知音。
崚层瘦骨非食肉，空洞无尘那有俗。

金华玉沥端可餐，要俟他年梨枣熟。

《全元诗》第二十一册，杨镰主编，中华书局2013年版，第146页

庐陵梁医济生堂

上池之水人莫识，三揖东华借余沥。
瞳光透碧千里悬，二竖苍黄离衽席。
南康昔有刘神医，鹤骨变化苍术肥。
入门逆意望且走，吾今见子同其机。

《全元诗》第二十一册，杨镰主编，中华书局2013年版，第160页

龚 璛

龚璛（1266—1331），字子敬。镇江（今属江苏）人。曾为廉访使徐琰幕僚，历任和静、学道两书院山长，后调宁国路儒学教授，以江浙儒学副提举致仕。著有《江东小稿》等。其子将其诗文集编次题为《存悔斋稿》，今仅存一卷。

菊山诗为医者周生作

南阳水可饮，欲寿人所同。药圃能几菊，岁晚满山中。
若昔尚种德，培之滋不穷。后来袭芳菲，草木皆奇功。
士生及志物，有技孰俾通。掇英疗人饥，此当代天工。
人困何可医，人病尚可攻。我归读我书，老眼明霜丛。

《全元诗》第二十一册，杨镰主编，中华书局2013年版，第377页

掘山药歌

绿薜紫藤山色子，种玉绵延春透髓。
晴虹岁晚寒不起，托命长镵山谷里。
小隐墙东整药栏，斸土政得才盘盘。
服食相传养生诀，茂陵刘郎和露掇。

《全元诗》第二十一册，杨镰主编，中华书局2013年版，第394页

董寿民

董寿民（1266—1346），字松间，号懒翁。婺源（今属江西）人。早年善诗歌，熟习经书，受廉访使曹伯启赏识。著有《懒翁诗集》二卷。

道中寄医僧橘井

雨过荒村日又昏，数声清磬隔溪闻。
不知采药师何在，回首青山礼白云。

《全元诗》第二十二册，杨镰主编，中华书局2013年版，第3页

赠明似山和尚

平生不识药和针，两眼看人到夜深。
谁信胸中分眊瞭，劝师医眼且医心。

《全元诗》第二十二册，杨镰主编，中华书局2013年版，第10页

病脚遣怀

年来多病少良医，右臂痛酸左脚肥。
睡起眼花无处看，坐看双燕引雏飞。

《全元诗》第二十二册，杨镰主编，中华书局2013年版，第37页

伤齿发

齿豁仅存半，发稀将及无。减餐如得道，脱帽似非儒。
龈露语音舛，顶寒形貌癯。掉头开口笑，不是旧来吾。

《全元诗》第二十二册，杨镰主编，中华书局2013年版，第46页

谭景星

谭景星（1267—？），字明望，号村西。茶陵（今属湖南）人。早年丧父，庐其墓十年，居于乡里，以孝行闻名。曾任永明县儒学教谕。有诗文集《村西集》十六卷，后编为《西翁近稿》十一卷。《元史·孝友传》有载。

母老有腹心疾，医误以重剂遂成内热，痛剧刀铤焉五六载，始安以是知未达不敢尝，先圣之所深戒愈其服之以求安，孰若不服之，之为愈也

蹇予无怙羁孤早，昔也母健忧我小。
人间风雨三十年，今也我疆母已老。
百年好景日以讹，数根短发曰以皓。
岂无甘旨乐融融，终然不及旧时好。
何堪内毒剧刀铤，一月十痛恼怀抱。
几回负痛声欲无，此声彻我肝肠到。
急呼儿女乱惊惶，炙手烘衾愿相保。
我心茫然愧为子，托命医师冀神巧。
奈何世间无老农，良药翻为断肠草。
不知造物意何如，直欲凭风步晴昊。

片言奏上顽愚胸，下洗沉疴去如扫。
吾家朝来屋上乌，子呼母哺各有道。
彼其微物夫如斯，我独念之何以报。
我独念之何以报，明日春晖看寸草。

《全元诗》第二十二册，杨镰主编，中华书局2013年版，第157页

刘 诜

刘诜（1268—1350），字桂翁，号桂隐。庐陵（今江西吉安）人。年十二，作科场律赋论策之文，宋之遗老即以斯文之任期之。后以教授门徒为业，江南行御史台屡以教职以荐，不受。一生未仕，专攻诗、古文，时人评其诗，以为风格高古逼人。后由门人编其诗文题为《桂隐存稿》十四卷。

赠丹士

大哉方寸春，可以毓天地。偶其一念私，手足且痿痹。
故当先自治，无复秦越异。达心世良医，未达不肯置。
如泉方出卖，必遂到海势。神丸构元气，鼎火力千岁。
谡谡市井中，光尘入游戏。岂非壶中公，欲出世间世。
嗟哉阎阎子，寒热剧攻殪。壮儿呻挛肘，老病喘秋肺。
从君访十丹，万一施匕剂。

《全元诗》第二十二册，杨镰主编，中华书局2013年版，第261页

送医官林性善归故乡

林君妙医国，才气亦南琛。一郡昔无病，三年见此心。
古槐官局冷，新药野云深。五月禾山雨，相思寄短吟。

《全元诗》第二十二册，杨镰主编，中华书局2013年版，第312页

贡　奎

贡奎（1269—1329），字仲章，号云林。宣城（今属安徽）人。曾为池州路齐山书院山长。元成宗大德六年（1302），任太常奉礼郎，兼检讨。大德九年（1305）迁任翰林国史院编修，至大元年（1308）任翰林文学，后任翰林院待制。延祐元年（1314）授江西等处儒学提举。泰定四年（1327）拜集贤直学士。晚年以疾归，卧于家，卒后追封广陵郡侯，谥文靖。著有《云林小稿》《听雪斋纪》《青山漫吟》《豫章稿》等。

赠杨医士

卖药都市久，买车上开平。病躯偶相依，远别动离情。
居庸五十里，度关极修程。烈风九夏寒，日落边马鸣。
野鼠味穷甘，初食心稍惊。穹庐亦络绎，马湩时邀迎。
畏缩恒自饥，勿效迂士行。况挟岐黄书，所系良匪轻。
扰扰征途间，勗哉崇令名。

《全元诗》第二十三册，杨镰主编，中华书局2013年版，第116页

赠郑医士

之子远赋东南归，杏林春入红锦机。
平生种德怀不忍，况见民瘼连年饥。
江国数州尤旱槁，骨肉流离不相保。
探丸起死诚有之，我愿从子为良医。

《全元诗》第二十三册，杨镰主编，中华书局2013年版，第132页

唐　元

唐元（1269—1349）字长孺，号筠轩。徽州歙县（今属安徽）人。泰定四年（1327）以文学授平江路学录，迁分水县教谕，后任集庆路南轩书院山长，以徽州路儒学教授致仕，时人誉为“东南学者师”。其诗文颇受诗坛领袖方回、虞集赞赏。诗文集尚存《筠轩集》十三卷，另著《易大义》《见闻录》等。

病起杂书

荒斋孤坐思凄然，齿痛无聊隐几眠。
病减终朝那废药，体衰初夏尚装绵。
百年谁免梦槐国，万事何须使鬼钱。
却笑山丹矜节序，鲜葩如火喷晴烟。
单衣未试晚风柔，村舍归来过石头。
眼力不胜灯力焰，蛙声偏竞雨声愁。
聃翁久悟身为幻，李广休嗟老不侯。
闲客不来心愈静，聊将归思问沙鸥。
欲落不落山上月，思归未归庵中人。
可能快手刬犀兕，况欲被发骑麒麟。
冥冥磨刮诣理窟，惺惺警语存书绅。
昔豪新懦忽自笑，松花作意沾乌巾。

《全元诗》第二十三册，杨镰主编，中华书局2013年版，第312页

病中释怀

衰病相寻不用悲，花残叶脱恁天时。
亲朋先死数十辈，造物迟留千百诗。
齿痛虽无食肉相，眼明犹辨受辛辞。
傍人莫作龙钟看，百榼开筵把拓枝。

《全元诗》第二十三册，杨镰主编，中华书局2013年版，第312页

杨　载

杨载（1271—1323），字仲弘。祖籍蒲城（今属福建），晚年定居杭州。少时博涉群书，赵孟頫推崇之。户部贾国英数荐于朝，以布衣召为翰林国史院编修官，与修《元武宗实录》。仁宗延祐二年（1315）复科举，登进士第，授承务郎、浮梁州同知，迁儒林郎、宁国路总管府推官，未任而卒。与虞集、范梈、揭傒斯齐名，并称元诗四大家。文章以气韵为主，自成一家之言，时论诗法诸家，首推杨载。有《翰林杨仲弘诗》八卷，另有《诗法家数》一卷。

赠戴医

推测阴阳术已精，研穷问难更通明。
山中说剑仍问道，市上悬壶即治生。
蛇为衔珠知药圣，犬因舐鼎验丹成。
上医医国惟君可，行载轺车入帝京。

《全元诗》第二十四册，杨镰主编，中华书局2013年版，第284页

虞　集

虞集（1272—1348），字伯生，号道园，世称邵庵先生。抚州崇仁（今四川眉山）人。南宋左丞相虞允文五世孙。成宗大德初，以荐授大都路儒学教授，历国子助教、博士。仁宗即位，除太常博士，迁集贤修撰。泰定初年授国子司业，迁秘书少监。元文宗即位，除奎章阁侍书学士，与中书平章赵世延同任《经世大典》总裁。后以目疾辞归临川。至正八年（1348）卒，追封仁寿郡公，谥文靖。虞集素负文名，与揭傒斯、柳贯、黄溍并称“元儒四家”，诗与揭傒斯、范梈、杨载齐名，人称“元诗四家”。诗文结为《道园学古录》五十卷，《道园类稿》五十卷，《道园遗稿》六卷，《翰林珠玉》六卷。

足痛吟寄费隐

足痛不履地，匡坐畏长傲。令人读道书，聊以释幽抱。
修身身不衰，此事闻颇早。涉世得忧患，时至遂枯槁。
茅檐苦听雨，更愁妨获稻。分当长饥吟，稚子忽吾恼。
盈约固不齐，受命自云造。东家种薯芋，健步常为讨。
况闻东海上，旅生如瓜枣。食之可不死，所嗟在远道。
亲往未必能，驾言亦非好。

《全元诗》第二十六册，杨镰主编，中华书局2013年版，第34页

落齿一首

此齿生来七十过，忽离龈腭奈渠何。
晨鸣法鼓惟空响，夕咽灵泉满旧科。
食粥正宜生理拙，传经莫怪语音讹。
石人具口无饥想，壁观寥寥老达摩。

《全元诗》第二十六册，杨镰主编，中华书局2013年版，第325页

朱思本

朱思本（1273—1332），字本初，道号贞一。临川（今江西抚州）人。祖父以科举入仕，任淮阴县令，父不仕。至元十二年（1275），抚州被元军占领，朱思本家族拒不仕元。十四岁曾至信州（今江西上饶）龙虎山学道，元平江南时，三十六代天师张宗演应召入觐，元世祖忽必烈命其主领江南道教。至元二十四年（1287）以后十余年间，一直潜心学道。著有诗文集《贞一斋稿》以及地理学著作《广舆图》。

芗溪卧病

辞家至芗溪，信宿不能去。六气冯吾躯，右足重如注。
医师试针砭，转觉气血聚。呻吟数更漏，永夜杳难曙。
令佐贤主人，情亲靡新故。盘餐交馈饷，药石云致助。
怀土非吾心，岂为桑下顾。安得乘飞车，一去千里路。

《全元诗》第二十七册，杨镰主编，中华书局2013年版，第43页

寒　疾

足疾良未愈，又与寒疾婴。黄昏抱冰雪，二气疑交兵。
齿牙自相击，颤棹儿童惊。须臾内热攻，衽席风火生。
汗流甚出浴，渴饮如长鲸。呕泄加痛楚，永夜听严更。
投老复行役，何以舒吾情。寄语故山友，慎勿辞力耕。

《全元诗》第二十七册，杨镰主编，中华书局2013年版，第44页

揭傒斯

揭傒斯（1274—1344），字曼硕，号贞文。龙兴富州（今江西丰城）揭源人。皇庆初年（1312），随程钜夫入朝，受士大夫礼遇。延祐初年（1314），荐任翰林编修，此后十余年间，前后三入翰林，元文宗开奎章阁，置授经郎、揭傒斯首获其选。至顺元年（1330），欲修《经世大典》，官历集贤、翰林学士，奉命修辽、金、宋三史，为总裁官。《辽史》成，得寒疾卒于史馆，谥文安。著有《揭文安公集》五十卷，为文简洁严整，为诗清婉丽密。善楷书、行书、草书，朝廷典册，多出其手。与虞集、杨载、范梈同为“元诗四大家”之一，又与虞集、柳贯、黄溍并称“儒林四杰”。

病　夜

素壁深窗独客身，桃枝姜胯只为邻。
极惭供给烦贤友，尚恐传闻及老亲。
蛩乡戎寒相应起，烛花连夜为谁新。
多情造物真豪纵，尽力相驱病与贫。

《全元诗》第二十七册，杨镰主编，中华书局2013年版，第183页

赠项炼师

吾闻有一士，邈在吴越间。骑虎沧海上，茹芝天台山。
年约四十余，七星布其冠。燕赵虽广绝，倏忽一往还。
樵子常见之，径去不可攀。又闻好卖药，往往布市阛。

疾者得寸匕，立欲生羽翰。吾常慕其人，咫尺限河关。
道书读万过，不如一承颜。弱志掩昏气，卑卑逐王官。
何为浪自苦，食息于人寰。

《全元诗》第二十七册，杨镰主编，中华书局2013年版，第223页

大热疾势危甚，项君子虚视之，一药而起，为赋五言一首为谢

天台项子虚，乃是列仙俦。卖药都市中，疑是韩伯休。
欲见不可得，不见忽相求。神清骨秀耸，苍松倚丹丘。
又如霜空月，下照千丈流。时有揭子者，卧病城南陬。
驰往施寸匕，大暑生清秋。人言死复生，仰视行云浮。
长揖忽不见，思之生白头。

《全元诗》第二十七册，杨镰主编，中华书局2013年版，第226页

病目二首呈程承旨

经春苦上热，目病乘间作。白日长闭门，见月犹畏却。
痛深彻精髓，手倦频搯擢。恶泪承睫流，空花四分泊。
连旬食素淡，无术屏昏浊。多谢贤主人，相顾义不薄。
更忙时问疾，未剧亲馈药。世俗轻贱微，君子重期诺。
人生固如此，出处慎所托。翩翩衔泥燕，相近殊可乐。
病目逾二旬，稍喜今日见。徐行一舒散，乍出还昏倦。
濛濛众花晚，蔼蔼群柳变。门外新井深，阶前绿荫遍。
微风忽生晕，薄日犹增眩。久与文翰违，闲窗试书卷。

《全元诗》第二十七册，杨镰主编，中华书局2013年版，第278页

齿　落

去秋病齿今朝落，眼暗年侵日就衰。

扰扰彭殇方失笑，悠悠世事总成悲。

《全元诗》第二十七册，杨镰主编，中华书局2013年版，第298页

立春病述

病里见阳春，天衢物物新。朝光残雪案，暮齿五云身。

得失从违异，羁縻出处均。官资不必贵，但问汝何人。

《全元诗》第二十七册，杨镰主编，中华书局2013年版，第306页

送人赴广州医官

志士长医国，良医亦念民。

不嫌南海远，独占上池春。

瘴疠何多处，安危系此身。

但令全活众，妻子任长贫。

《全元诗》第二十七册，杨镰主编，中华书局2013年版，第332页

陈 泰

陈泰（生卒年不详），字志同，号所安。茶陵（今属湖南）人。延祐元年（1314）举于乡，以《天马赋》得荐，延祐二年（1315）试礼部，不第，授龙泉县主簿。仕途不顺，以吟咏自乐，著有《所安遗集》一卷，集中皆是诗歌，以七言歌行和五言律诗为主。时人评其诗曰“驰骋笔力，有太平之风”。

谢送崖公所画判官药方书

我从海上归，不得海上方。
庸医试饷吻，食之断人肠。
我从濠梁归，不得濠梁画。
诗情勃郁时，强走何由化。
空山欲雪云冥冥，道逢袭兄双眼青。
收方蓄画能通灵，快我诗肠频丁宁。
君持此方为国医黎民，要使药笼皆参苓。
君持此画献赋凌烟阁，要使天下将相皆褒鄂。
海头不生断肠药。

《全元诗》第二十八册，杨镰主编，中华书局2013年版，第38页

马祖常

马祖常（1279—1338），字伯庸，号石田。色目人，光州（今河南潢川）人。延祐二年（1315）首科进士，授翰林应奉，拜监察御史。英宗至顺帝时期，官历翰林直学士、礼部尚书、参议中书省事、江南行台中丞。顺帝即位，以御史中丞致仕，卒后，谥文贞。文法先秦两汉，内容多制诏、碑志等类作品。在朝期间，多与袁桷、王士熙等人唱和于馆阁，对馆阁诗人群体形成影响较大。有诗文集《石田集》十五卷，是元代色目人中存诗最多的诗人。

赠医士简秋碧

华阳茅主送黄精，太岳秦松与茯苓。
上药相时登寿域，良医名世即仙灵。
教人摄气如龟息，笑我胖身岂鹤形。
昔惜刀圭明月合，浮生都可享遐龄。

《全元诗》第二十九册，杨镰主编，中华书局2013年版，第339页

萨都剌

萨都剌（1280—1355），字天锡，号直斋。西域答失蛮氏。泰定四年（1327）进士，授应奉翰林文字，擢南台御史。后左迁镇江录事司达鲁花赤，秩满后，出为南御史台掾史，历福建闽海道廉访司知事等职，晚年居杭州。善绘画，精书法，尤善楷书。诗以酬酢应答，归隐赋闲者居多，长于写情，曾获虞集、杨维桢一致好评。有《萨天锡诗集》《雁门集》等别集传世。

病中杂咏七首

十日九风雨，深秋独闭门。积阴须自散，倚杖望朝暾。
为客家千里，思归月满楼。木樨开欲尽，病里过中秋。
门系青骢马，多应问病人。小官好疏散，莫讶懒衣巾。
病形如瘦鹤，照影向清池。自有冲霄志，游鱼莫见疑。
风叶高下落，秋砧远近闻。天涯多病客，倚杖看孤云。
陶令贫无酒，郎言菊也无。家僮烧柿叶，邻舍送茱萸。
多病东厅客，深秋出幕迟。芙蓉开也未，叶上好题诗。

《全元诗》第三十册，杨镰主编，中华书局2013年版，第110页

病起城东晚步

扶病谁同步，寻幽思不群。逢僧穿竹去，吹笛隔林闻。
山势浮云合，溪流野水分。徘徊归晚径，树影月纷纷。

《全元诗》第三十册，杨镰主编，中华书局2013年版，第123页

病中书怀二首

半月闭门坐，萧然远俗氛。病中心似水，门外马如云。
练杵捣寒月，香炉生昼薰。兴来览明镜，太瘦小参军。
欲向江边去，何时理钓簑。城山入楼近，邻竹过墙多。
春瓮浮红酒，晴池戏白鹅。闲门且消病，俗吏莫相过。

《全元诗》第三十册，杨镰主编，中华书局2013年版，第126页

秋日病起池上

顾兹林塘幽，消此闲日永。飘风辞萍踪，落叶散鱼影。
天地风露凉，秋深藕花冷。有怀无与言，独立心自省。

《全元诗》第三十册，杨镰主编，中华书局2013年版，第133页

病中夜坐

江树花开午夜春，绿香吹散隔帘云。
吟诗思苦家人骂，捣药声高邻舍闻。
惟有工程餐白术，亦无心事对红裙。
消愁且喜楼西畔，明月一池蛙乱喧。

《全元诗》第三十册，杨镰主编，中华书局2013年版，第194页

卧病书怀

去年走马寻魏阙，十里五里迷风烟。
孤臣泣血紫塞外，壮士倚剑青云边。
今年卧病在江海，呼儿夜读归来篇。
结茅倚壁知何处，饱听一枕松风眠。

《全元诗》第三十册，杨镰主编，中华书局2013年版，第214页

黄河清

黄河清（生卒年不详），字叔美。南城（今属江西）人。元后期于盱南山中隐居，当时有诗名。至正年间（1341—1368）与杜本、揭傒斯等人均有唱和。有《黄叔美诗》一卷见于《千倾堂书目》。

病　齿

衰龄幸寡疾，所惜牙齿落。肉啖非所便，惟堪啖藜藿。
每负佳筵设，徒能饮数爵。从嘲中窦开，匪效幻舆谑。
饭沙常戒婢，炊软犹怯嚼。今焉左颊间，复有动断塄。
善崩不知已，颐辅将焉托。颓光少延伫，端有张苍作。
无因事吐纳，或谓仙可学。且复任自然，清吟慰廖寞。

《全元诗》第三十册，杨镰主编，中华书局2013年版，第389页

赠医士黄本谦

去年君归自北方，灵参二尺载满囊。
名医圣药两相济，昔者残生真可伤。
令祖自矜医绝伦，少不惬意生怒嗔。
里中小儿今白发，多是君家救活人。

《全元诗》第三十册，杨镰主编，中华书局2013年版，第393页

赠医士曼卿

闻卿黄柞桥西往，几度临川惜未逢。
少日抄方从海上，此时行乐遍江东。
林枝仙杏教巡虎，家有神僧解咒龙。
愧我长才空白发，云根终日听松风。

《全元诗》第三十册，杨镰主编，中华书局2013年版，第393页

疮疡甚苦答麻姑道士

穷愁犹未遣，病竖复来干。已畏搔肤苦，仍忧避酒难。
地卑防潦毒，身弱怯春寒。喜有仙坛客，宁无疗疾丹。

《全元诗》第三十册，杨镰主编，中华书局2013年版，第398页

题医士行卷

忆在翠云县，长亲费长房。病来人间药，客退更抄方。
欲老黄金在，餐霞紫木香。还思凋瘵苦，执艺佐时康。

《全元诗》第三十册，杨镰主编，中华书局2013年版，第413页

李 存

李存（1281—1354），字明远，后更为仲公。饶州安仁（今属江西）人。早年以诗文名于乡里，亦善于医术。延祐（1314—1320）初一试不第，仕途不顺，以居家讲授为业，与祝蕃、舒衍、吴谦并称“江东四先生”。晚年由门人何琛迎养以终。有《番易仲公李先生文集》三十卷，别本题《俟庵集》。

赠江医士二首

昔人高贵余尊足，顾我何由慊此心。
多藉深山老同舍，遣儿囊药还来寻。
闻说仙山邓副官，也曾卖药到壶中。
想今炼得身如鹤，不是乘云便御风。

《全元诗》第三十一册，杨镰主编，中华书局2013年版，第77页

洪希文

洪希文（1281—1366），字汝质，号去华山人。莆田（今属福建）人。宋代贡士洪岩虎之子。父子二人曾在山中隐居，以著述唱和为怡。后嗣为乡先生，郡学聘为训导。著有《续轩渠集》，因其父《轩渠集》得名。

豆　粥

辛勤理荒秽，岁晚成枯萁。非力辄不食，孺子岂我欺。
今朝卯酒醒，尘肺渴不支。老妻进作粥，咀嚼如牛呞。
充饥软如酥，止渴甘如饴。一饱万想灭，昧然忘所思。
伤哉同根言，感彼曹植词。

《全元诗》第三十一册，杨镰主编，中华书局2013年版，第123页

尝新橄榄

橄榄如佳士，外圆内实刚。为味苦且涩，其气清以芳。
侑酒解酒毒，投茶助茶香。得盐即回味，消食尤奇方。
宫商舌底发，星宿胸中藏。虽云白露降，气味更老苍。
山林假岁月，颜色饶风霜。以兹调众口，谁敢轻颉颃。
作此橄榄诗，远继葑菲章。大器当晚成，斯言君勿忘。

《全元诗》第三十一册，杨镰主编，中华书局2013年版，第126页

木　瓜

宣州土产花木瓜，药铛茗碗相传夸。

游洋斗邑最穷僻，园丘往往多灵植。
侧闻才吏口流涎，就花计实尤可怜。
帛衣出入迭旁牛，主者为客客为主。
年年见树不见瓜，才吏探实主采花。
世情有收皆望报，足见诗人言语到。

《全元诗》第三十一册，杨镰主编，中华书局2013年版，第143页

食蕈子

大火西流十日雨，洗尽荒崖一番暑。
韭芽菜甲黄且腐，太息辛勤业为圃。
城中不下十万户，食舍旁连啖葵茹。
深山菌蕈纷贡数，山泽相逢尽筐筥。
儿童归来恣烹煮，脆于熊掌肥于羜。
先生饱饭腹可鼓，文字何由会撑柱。
但令尊前筋可举，莫望蒸豚用人乳。
分渠宰相食万钱，饭有蕈羹多谢天。

《全元诗》第三十一册，杨镰主编，中华书局2013年版，第144页

腰背困倦累月矣，四月十六日夜，对月濡酒，独酌杯杓，迨明，颇有奇效

独居孤愤意难忘，对酒当歌且慷慨。
入髓无声非浪语，到脐有效胜奇方。
暮年壮志豪犹在，异地他乡气不常。
半睡半醒天欲曙，盎然肢体暖如汤。

《全元诗》第三十一册，杨镰主编，中华书局2013年版，第170页

病　起

不觉离群旬浃闲，诸生惊顾瘦栾栾。

浮云蔽日身为累，止水无波心自安。
甘寝有谁嘲废学，苦吟无味勤加餐。
指挥窗外问童子，戏瓦先除古井澜。

《全元诗》第三十一册，杨镰主编，中华书局2013年版，第171页

赠东园方子敬弃儒学医

出门谢周孔，面壁说神农。莫道上池水，根源洙泗中。
父师传肘后，非桂亦非参。郑重不龟药，勿劳售百金。

《全元诗》第三十一册，杨镰主编，中华书局2013年版，第184页

病眼少苏

岩电今朝幸了然，迩来一月废书眠。
问天乞得明如月，朗诵今生未见篇。

《全元诗》第三十一册，杨镰主编，中华书局2013年版，第193页

揭祐民

揭祐民（生卒年不详），字希韦，广昌（今属江西）人。泰定年间（1324—1327），任邵武府经历。曾三上京师。士大夫多与其游，后居盱水上，自号盱里子。《元诗选》据《元风雅》等选录其诗四十首，题为《盱里子集》。

送落齿行

兔年羊月日加豕，我腭上震落一齿。
剥果已熟无留根，辅车相依何忍弃。
众城不动一城覆，终是风寒恶伤类。
缺穿小窦未渠忧，恐作悬崖缒兵计。
我今行年七十五，汝决辞行知汝意。
平生不饱太官饭，共啜藜羹汝之耻。
言枢难虞损机格，柔弊刚摧成止止。
噬嗑唯宜见日中，过分人生当落几。
落日减齿君勿笑，毁齿如同昔年少。

《全元诗》第三十一册，杨镰主编，中华书局2013年版，第201页

张　雨

张雨（1283—1350），原名张泽之，又名张嗣真，字伯雨，号贞居子。钱塘（今浙江杭州）人。早年行游名山，在茅山出家为道士。曾被开元宫王真人荐为官，不受。以诗话名于一时，与袁桷、赵孟頫、范梈等人皆有往来唱和。仁宗延祐年间（1314—1320）居于开元宫，后历诸崇寿观、元符宫。著有《句曲外史诗集》五卷，并有《贞居词》一卷。

南山病中杂诗

毒热无循跡，风雨肆飘摇。悠悠逆旅舍，栖栖病僧寮。
形惟莞席亲，过午饭一瓢。受命不可易，养空遂能超。
老骨备众患，直用一丸销。神蛟宅大壑，杯水填外墉。
存身极幽眇，息与溟海通。岭上肤寸云，山下百丈洚。
槁苗非吾过，沛泽非吾功。天地有不仁，孰逃嘘吸中。

《全元诗》第三十一册，杨镰主编，中华书局2013年版，第281页

二月病怀

煮药香中听雨眠，都缘未熟养生篇。
雪消春水深三尺，日上花荫过几砖。
世事悠悠高枕外，衡门寂寂莫霞边。
自惭病鹤摧颓甚，欲顾云霄意悄然。

《全元诗》第三十一册，杨镰主编，中华书局2013年版，第365页

病起示同友

药裹扶吾甚矣衰，休头空有影崔嵬。
皮毛剥尽真实在，滓秽日去清虚来。
枉踏人间多事土，自观身内不然灰。
问渠灵石山头路，看得余年走几回。

《全元诗》第三十一册，杨镰主编，中华书局2013年版，第397页

吴师道

吴师道（1283—1344），字正传。婺州兰溪（今浙江金华）人。至治元年（1321）进士，授高邮县丞，再调宁国路录事，迁池州建德县尹。后召为国子助教，寻升博士。其为教一本朱熹之旨，而遵许衡之成法。以奉议大夫、礼部郎中致仕。有《吴礼部文集》《吴礼部集》《吴正传集》共二十卷。另有《易诗书杂说》《战国策校注》《敬乡录》《吴礼部诗话》等。

目疾谢柳道传张子长惠药

处世五十年，寡嗜仍少病。天与两目光，炯炯素清净。
前年翳生左，赤脉欻交横。审因察其源，五色非所竞。
学书信夙习，耽读亦本性。虽于二事切，未必致兹证。
从来不解饮，杯勺强酬应。积毒根胃肠，标表发昏瞢。
针刺争杂施，流血和泪迸。丹砂与空青，数市窘赀罄。
栀檗动盈筐，日啖不论命。重氛幸全扫，余眚时一盛。
荏苒三载间，视眺犹未莹。偏盲亦何害，忌者遂相庆。
惟兹二三友，为我忧炳炳。许君屡贻书，力劝宜习静。
损读复省思，默坐但微瞑。心肾上下居，火实以水胜。
炎炎降不怒，行之久自定。殷勤柳与张，有便常致讯。
为言医法难，俗师慎毋听。一朝得奇药，千里转持赠。
缄封谨视护，述语颇详竟。开罂异香发，著箸金膏凝。
试之累旬日，奇效他莫并。感之欲次骨，报尔无照乘。

我生未见道，绝尘悦犹瞠。眊焉惭训言，亦岂中未正。
扶持谢诸公，磨刮完两镜。渐惊容衰老，谬忝小邑令。
乡山杳在望，归船行可榜。把卷欣复适，看云远相映。
挥弦送孤鸿，飘然动高兴。从令没暮齿，不复忧伥伥。
永怀何能忘，临风寄孤咏。

《全元诗》第三十二册，杨镰主编，中华书局2013年版，第14页

正旦卧病写怀

老懒厌嚣杂，忍复逢元正。高卧岂不佳，抱病难为情。
沉思往昔梦，历历还自惊。儿嬉不知愁，烧竹到天明。
援笔写兆符，意气何纵横。中年世故迫，黾勉事将迎。
敛板趋大府，惯踏晓鼓声。山县稍雍容，簪花映寒晴。
晚陪大明班，蹈舞随公卿。韵音聆法曲，仙杖穿霓旌。
恍惚天上游，特用夸平生。覆手得憔悴，忧患何交并。
逢时感易集，阅世念转经。六十行已衰，百计茫无成。
虽卑向平娶，渐无郑子耕。春阳被群动，我体当和平。
窥园恍葱蒨，曳履听嘤鸣。竹素有深缘，所竞非浮荣。
寡过希前修，饮水复奚营。

《全元诗》第三十二册，杨镰主编，中华书局2013年版，第22页

赠医者陆生

三十年前识乃翁，鸣弦醴酒近邻东。
闭门秋院梧桐雨，欲话人生如梦中。

《全元诗》第三十二册，杨镰主编，中华书局2013年版，第114页

释大䜣

释大䜣（1284—1344），字笑隐。南昌（今属江西）人。与圆至、本诚并称“元僧三隐”。元文宗即位后，于潜邸为大龙翔集庆寺，主寺事。时有诗名，与虞集、萨都剌、张雨等人皆有往来唱和。有诗文集《蒲室集》十五卷。

赠医者夏仁斋

宋清知名是柳子，夏生何幸逢鲁公。
鲁公况是国元老，品题孰敢当才雄。
试艺潜宫称绝艺，喜动天颜锡金币。
后来窃比分推贤，征车不入都门市。
一壶自有一乾坤，谁道天人隔几尘。
白榆红杏成行种，鸡犬仙家万户春。
莫怪风尘凋玉质，芳名误被时人识。
更将草木代虫鱼，阴功早已标仙籍。
我行南北倦将迎，何暇从君问养生。
身患不须忧二竖，心安那用守三彭。
是身是病从何起，因痴有爱沦生死。
天华如雨石房深，谁识毗耶老居士。

《全元诗》第三十二册，杨镰主编，中华书局2013年版，第162页

李孝光

李孝光（1285—1350），字季和，号五峰狂客，后代学者因此多称之为“李五峰”。温州乐清（今属浙江）人。年少以文章负名当世。南台御史屡次举于朝，至正三年（1343）诏求隐士，应召为秘书监著作郎，擢升文林郎、秘书监丞。至正十年致仕。时人以李孝光为文取法古人，不趋时尚大加赞赏。《四库全书总目》评其诗：“元诗绮靡者多，孝光独风骨遒上，力欲排突古人。”有文集二十卷，今不存，明弘治年间（1488—1505），儒士周绘访其遗稿，重编为《五峰集》。

送医师王宜往维扬

医疾如医国，乃贵知虑周。生死固有命，慎此汤液投。
瞑眩不足惊，坐令积疾瘳。活人树阴德，岂爱千金酬。
上天工报施，能令子门高。勿言医少技，大者喻国谋。
为术宜慎重，众药亦预收。吾言如足念，可比明月球。
《全元诗》第三十二册，杨镰主编，中华书局2013年版，第284页

王 沂

王沂（生卒年不详），字师鲁（一作思鲁）。祖籍云中，徙于真定（今河北正定）。其父由金仕元，南宋亡后到江南任职。于延祐二年（1315）中进士。官历临淮县尹、嵩州同知、翰林编修，后历国子博士、翰林待制。元顺帝至正初，任礼部尚书。曾主持元统元年（1333）科举，以总裁官身份编定辽、金、宋三朝史。诗文集《伊滨集》早佚，清初顾嗣立编《元诗选》即未见王沂诗。清乾隆年间修《四库全书》，从《永乐大典》中辑出《伊滨集》二十四卷，其中诗文各十二卷。

抱疾二首

抱疾久在告，闭门径生苔。孤鹤向我立，修翎舞毰毸。
雪毛落竹间，翠光照玫瑰。汲井煮仙药，郁怀为之开。
安得体顺适，百岁平无乖。久病事药饵，体中未和平。
出户步履苦，候问劳友生。兹晨秋气高，褰裳下阶行。
行少即据床，坐听飞鸟鸣。少小学读书，老大转无成。
逢时愧苟禄，腼颜窃文名。每遇有志士，瑟缩如吞声。
龚生后来者，胸臆涵六经。盖世少知己，三十无官荣。

《全元诗》第三十三册，杨镰主编，中华书局2013年版，第11页

老胡卖药歌

西城贾胡年八十，一生技能人不及。
神农百草旧知名，久客江南是乡邑。

朝来街北暮街东，闻掷铜铃竞来集。
居人相见眼终青，不似当时答术丁。
师心已解工名术，疗病何烦说难经。
江南只今成乐土，异代繁华复亲睹。
全家妻子得安居，箧裹青蚨夜还数。
灯前酌酒醉婆娑，痼疾疲癃易得瘥。
金丝膏药熬较好。伤折近来人苦多。
川船南通有新药，海上奇方效如昨。
眼中万事不足论，流寓无如贾胡乐。

《全元诗》第三十三册，杨镰主编，中华书局2013年版，第42页

仁斋为医者郭成甫赋

燕处仁为表，淳风坐挽还。宝方悬肘后，阴德见眉间。
焚券长安市，求仙太白山。文园消渴久，归思满乡关。

《全元诗》第三十三册，杨镰主编，中华书局2013年版，第52页

病 眼

泪睫班班袖满珠，重寻张湛古方书。
阅人更不为青白，看字尤难辨鲁鱼。
傍舍园丁供杞菊，行厨爨婢涤膻腴。
从今返照回光始，自写蝇头战五车。

《全元诗》第三十三册，杨镰主编，中华书局2013年版，第137页

赋枸杞

谁栽神药制颓龄，废圃秋风结又成。
络石旧看苍玉瘦，醉霜新摘绛珠名。
扶衰敢借仙人杖，吠夜时闻瑞犬声。
石鼎云翻足真味，天随孤节有余清。

《全元诗》第三十三册，杨镰主编，中华书局2013年版，第139页

玄斋为尹生尚医赋

问君何地觅幽玄，悟在虚斋一嗒然。
妙用本同经世具，天机不待着书传。
长安市上曾焚券，太白山中旧学仙。
寂寞每怜扬执戟，微言辛苦未忘筌。

《全元诗》第三十三册，杨镰主编，中华书局2013年版，第147页

释惟则

释惟则，字天如。永新（今属江西）人。得法于明本（中峰）。延祐、至治年间（1314—1323），他与西域人贯云石、阿里西瑛优游唱和于钱塘。元顺帝至正二年（1342年），门人于吴城东北隅为其修建方丈，种竹万株，名为师子林，后又将诗文结集为《师子林别录》。为元代影响较大的诗僧。

和送梁寿川之任南康医教

君不见眼前病癖无全人，又不见杏林种雨年年新。
岂如梁君小试医国手，飘飘捧檄行青春。
行行东向庐江路，星渚风烟彭蠡树。
双池看瀑九江晴，五老闻钟乱山暮。
我怜民物疮痍深，养生未必非其心。
元阳扶植起枯朽，一草已足酬千金。
莫辞印绶非君意，虎溪未许陶公醉。
会看采药上蓬莱，长裾曳破燕山翠。

《全元诗》第三十三册，杨镰主编，中华书局2013年版，第165页

张　翥

张翥（1287—1368），字仲举，号蜕菴。晋宁（今山西临汾）人，寓居钱塘（今浙江杭州）。早年随父游宦江南，后随大儒李存读书，熟习道德性命之说。后随仇远学诗，渐有诗名。至元末，被荐于朝，至正（1341—1367）初征召为国子助教、以翰林编修与其事，奉诏修辽、金、宋诸史。官历翰林应举、修撰、直学士、侍讲学士、以翰林学士承旨致仕。长于诗，近体、长短句尤工，仅存《蜕庵诗集》四卷。

病　起

强起梳头坐，窗明晚景新。生遭兵是劫，病与鬼为邻。
农事田畴废，边声鼓角频。故山多药物，徒切未归身。

《全元诗》第三十四册，杨镰主编，中华书局2013年版，第23页

病　疽

席上屠苏岁岁同，只怜醉后饮衰翁。
半生客路江湖里，十日春愁雨雪中。
黄道云消晴见斗，青阳气转晓占风。
欲题彩贴无佳句，思遥蓬莱最上宫。

《全元诗》第三十四册，杨镰主编，中华书局2013年版，第87页

病　店

肉黄皮皱发毛枯，一病支离困壮夫。

痛要小奴搥臂膝，冷寻破帽裹头颅。
邻翁教诵禳灾咒，道士来书禁疟符。
车辙马蹄劳客问，药囊糜碗乏吾须。
炎火寒冰忽暗投，肥肠日与药为谋。
拟寻画史园师子，安得诗人咏骷髅。
月色自如闲度夜，虫声无赖乱吟秋。
便当一起幽忧疾，濯发西风万里流。

《全元诗》第三十四册，杨镰主编，中华书局2013年版，第88页

病　中

小儿舞袖学斋郎，大女笑看旁鼓簧。
狂客有时来猎酒，老夫无事坐焚香。
前家后家杂歌哭，南斗北斗相低昂。
病卧经旬不出户，墙角青青春荠长。

《全元诗》第三十四册，杨镰主编，中华书局2013年版，第112页

许有壬

许有壬(1287—1364)，字可用。彰德汤阴（今河南汤阴）人。延祐二年（1315）进士及第，授同知辽州事。官历山北廉访司经历，迁吏部主事，江南行台监察御史。英宗暴卒后，尽力稳定政局，上《正始十事》，受嘉许。泰定年间（1324—1327）官历中书左司员外郎、两淮都转运盐司使。元统年间(1333—1334)，时人禁止汉人、南人学习蒙文，因许有壬反对未能施行。至正年间（1341—1367）又相继历官数职。许有壬一生历事七朝，从政近五十年，直言敢谏，皆有政绩。至正十七年（1357）以老病致仕，至正二十四年（1364）卒。著有《至正集》一百卷，诗文集《圭塘小藁》十三卷，词有辑本《圭塘乐府》四卷。对当时文坛影响长久广泛。

谢熊尧章馈大茯苓

故人念多病，投我以茯苓。如拳已足贵，纪状闻图经。
眼明见异质，斗大陋楚萍。内储贞玉白，外皴干藓青。
乔松薄霄汉，何年摧震霆。余拨槎蘖在，附根精液渟。
孕毓几千载，成此龟鳖形。想当捎兔丝，木魅驱玲娍。
玄壤发神秘，苍云披杳冥。予年过半百，鬓发宜星星。
有怀事服食，缘木思津泂。筋力疲已甚，始遂辞天庭。
一朝获仙药，修饵期致灵。凝酥烂冰雪，做饼谢膻腥。
半生足惊悸，坐使神志宁。三山得津梁，百谷消蝗螟。
倒影返旸谷，逝水回沧溟。羽翰生白日，岂特绵修龄。

报子无琼琚，永好心当铭。

《全元诗》第三十四册，杨镰主编，中华书局2013年版，第181页

病起漫述

南烹习若性，出塞勉随俗。老饕不慎口，藏神畏多肉。
流歠引瓻杯，马湩注盈腹。河鱼巧伺人，承闲颇肆酷。
瞑作遂达曙，肠雷殷空谷。三日不能朝，一餐惟可粥。
中年体易虚，揽镜笑窅目。今朝气渐苏，鼓勇出衾褥。
翰墨试短吟，经史时卧读。朋来酒入务，情话慰幽独。
嗟予未闻道，结发事干禄。素餐古有讥，伴食今不恧。
士贵早知止，圣许不远复。归哉复归哉，瓦盂安脱粟。

《全元诗》第三十四册，杨镰主编，中华书局2013年版，第187页

疡医许同佥求诗

君昔市隐为逸民，曾视轩冕如浮云。
一朝金紫不容却，东华尘土同朝曛。
斯民疮疡未能疗，我不可愈宜求君。
宋清有道望报远，白岑秘方何足云。

《全元诗》第三十四册，杨镰主编，中华书局2013年版，第246页

赠眼医杜仲文

老禅生具正法眼，外物几时能晦冥。
只有阮家烦妙手，莫教为白只为青。

《全元诗》第三十四册，杨镰主编，中华书局2013年版，第422页

黄 玠

黄玠（生卒年不详），字伯成。慈溪（今属浙江）人。自幼聪颖好学，成年后不求仕进，性喜山水。早年受知于赵孟頫、黄溍，后期与钱惟善、邵亨贞、吴镇等人唱和往来，诗名渐显。曾与昆山顾瑛玉山草堂之会。元顺帝至正年间（1341—1367）卒。著有《弁山集》《知非稿》《唐诗选》《纂韵录》等书。

赠医士叶古斋

昔者帝轩辕，驾言师赤松。相教服水玉，问道崆峒宫。
文字尽蝌蚪，故是开天功。顾谓鬼臾区，妙契将无同。
灵枢发奥旨，元气春融融。山川入揽挹，草木臭味通。
悬壶隐东市，愧尔卖药翁。上下数千载，犹在一日中。
《全元诗》第三十五册，杨镰主编，中华书局2013年版，第137页

医士马德正此山中

乡里马少游，神仙葛稚川。结庐此山中，手披白云篇。
药草满畦埒，松枝为屋椽。饥食夫容砂，渴饮枸杞泉。
宁与尘事疏，勿贻俗子怜。借问此何山，但笑终不言。
《全元诗》第三十五册，杨镰主编，中华书局2013年版，第161页

送医僧有空海

举眼空四海，大地岂无人。尔佛慈悯故，疾患缠其身。
橐有千金药，可回万化春。稽首耆婆尊，永言济斯民。

《全元诗》第三十五册，杨镰主编，中华书局2013年版，第161页

采枸杞子做茶饼子

流水河边见碧树，上有万颗珊瑚珠。
此疑仙人不死药，黄鹄衔子来方壶。
露犹未晞手自采，和以玉粉溲云腴。
卧听松风响四壁，未老更读千车书。

《全元诗》第三十五册，杨镰主编，中华书局2013年版，第194页

程　文

程文（1289—1359），字以文，号黟南生。婺源（今属江西）人。曾预修《经世大典》，于翰林院、国子监任职。元统二年（1334），任休宁县黄竹岭巡检，调怀孟路儒学教授。官历南台御史、礼部员外郎。后因战乱寓居绍兴、杭州。其诗以格律工稳见长，曾于京师受虞集称赏。著有《程礼部集》。

赠世医江平斋

鬓拂秋霜眼眩花，年来衰病可惊嗟。
偶逢江子谈医鹊，脱若林僧去睡蛇。
樵送仙桃来石室，鹤衔灵草到山家。
知君世世为阴德，会看红云捧日车。
皎皎风前玉树秋，阴功文现合封侯。
收方已过孙思邈，卖药犹同韩伯休。
溪雨断桥云厌渡，山风吹角月侵楼。
宦情客思光阴里，纵有新诗可奈愁。

《全元诗》第三十五册，杨镰主编，中华书局2013年版，第272页

成廷珪

成廷珪（1289—1360），字原常，又字礼执。扬州（今属江苏）人。好读书，有诗名。多于居处种竹，颇有山林意趣，题居室为居竹轩。晚年遭战乱，奔走艰险，至正二十年（1360），卒于华亭。后由友人编其遗作为《居竹轩诗集》四卷。其诗以七言律诗为佳，被认为深合唐人之体。

题金太医杏林诗卷

董奉仙居不可寻，君家种杏亦成荫。
禁方传后龙归洞，嘉果生时虎守林。
不厌邻翁来乞药，每留渔父坐听琴。
年年二月花如海，应是先生树德深。

《全元诗》第三十五册，杨镰主编，中华书局2013年版，第416页

柯九思

柯九思（1290—1343），字敬仲，号丹丘生。台州仙居（今浙江仙居县）人。大德元年（1297），随父迁居钱塘（今杭州）。文宗即位，任典瑞院都事。天历二年（1329）文宗仿宋阁学制，柯九思被迁升为奎章阁鉴书博士，专门负责宫廷所藏金石书画的鉴定。至顺二年（1331），受权奸攻击，避居吴下。后因文宗逝世，于抑郁中卒。柯九思善画竹，名震一时。诗歌大多见于顾瑛《草堂雅集》，题为《丹丘生稿》。清光绪年间（1875—1908），曹元忠等人辑录为《丹丘生集》五卷，并编入《仙居丛书》。另著有《宫词》《墨竹谱》。

送尚医林邦献归天台省亲

尝药事亲师华扁，玉函方秘得真传。
采芝曾厮琼台月，煮术时飘碧海烟。
几载尚医留帝里，一朝归省上江船。
五云阁吏今华发，为报桃花洞里仙。

《全元诗》第三十六册，杨镰主编，中华书局2013年版，第15页

赠医者徐复庵

人说徐卿有奇术，京华视病觅诗酬。
能知梦里钧天乐，戏作壶中遁世游。
客馆守丹和月坐，名山采药带云收。
有人来问阳初复，杜若春风江上洲。

《全元诗》第三十六册，杨镰主编，中华书局2013年版，第16页

刘鹗

刘鹗（1290—1364），字楚奇。永丰（今属江西）人。皇庆年间（1312—1313），荐授扬州学录。至正年间（1341—1367），累迁秘书郎，升翰林修撰。官历江州总管，广东廉访副使，擢广东宣慰使，拜江西行省参政。后分兵讨赣寇，城陷被执，不屈而死。有《惟实集》四卷。《四库全书总目》评其诗为“体裁高秀，风骨清遒”。

齿落

去年落一牙，今年落三齿。动者日已落，存者能有几。
齿落何足悲，所悲岁月逝。行年已七十，德业无可纪。
远愧赵充国，成名向边鄙。作图上方略，虽老何亹亹。
岂独夸当时，余光耀青史。我今往韶雄，事势焉能已。
汉贼不两立，直欲洗国耻。梅关一岭隔，调度亦易尔。
会当杀贼奴，持以报天子。由此衣绣衣，仗节老乡里。

《全元诗》第三十六册，杨镰主编，中华书局2013年版，第89页

黄清老

黄清老（1290—1348），字子肃，号樵水。祖籍光州固始，徙居邵武（今属福建）。年少时由兄弟五人各治一经，时称“黄五经”。泰定三年（1326）进士，时经曹元用、马祖常等举荐，留阁任职，授翰林典籍。后官历翰林应奉文字，兼国史院编修。元顺帝元统（1333—1334）初出任湖广省儒学提举。著有《樵水集》《春秋经旨》《四书一贯》等。

题医人黄子厚

幽幽溪上山，叠叠山下云。
幽人不出户，芝草日以春。
伯也种丹杏，心与孤鸿轻。
仲也捣玄霜，西风林间声。
世降运不齐，病随人心生。
芳草何所无，谁能撷其英。
吾宗幼方积，积久用更精。
金丹有时合，白日升蓬瀛。

《全元诗》第三十六册，杨镰主编，中华书局2013年版，第170页

赠讷斋陈太医

瑶池露华白如雪，秋风吹作丹灶月。
黄冠野服天上人，夜起云间捣琼屑。
琪花香浮碧坛静，银汉无声转双阙。

南轩竹气如水清，童子开门失秋熟。
我生束发师赤松，晓餐松花读参同。
金丹炼成两日月，藏之碧海扶桑宫。
东游蓬莱西月窟，华山一遇园南翁。
松间更访双白鹤，泠然八表来天风。

《全元诗》第三十六册，杨镰主编，中华书局2013年版，第182页

郑元祐

郑元祐（1292—1364），字明德。处州遂昌（今属浙江）人。早年随父寓居钱塘，结识诸多遗老。以博学多识名于一时，优游吴中近四十年。至正十七年（1357），辟为平江路儒学教授，次年因病去职。至正二十四年（1364）因病故。其诗尤以五、七言为佳，沉郁雄浑。有诗文别集《侨吴集》十二卷，笔记《遂昌杂録》一卷。

沈孝孙孝感行为谢医沈日新

吴东门，葑泥千顷曾无根。
舟行滉漾渺无际，天水日夜相吐吞。
太平日久、人烟聚落散布洲渚上，绳擉网罟往往成人村。
沈仲说父、奉其高年之祖母，避喧却扫于此安晨昏。
说也不惟、文行一如李令伯，零丁孤苦、形影相依惟此祖与孙。
祖母今年九十岁，十年三蒙赐帛恩。
孙扶母出拜君命，能无芳鲜列酒樽？
阿奶喜欢一一为孙加啖歠，便出泄泻腑脏如雷奔。
耄龄久衰元气薄，数日不复欣盘餐。
说忧形于色，苦形于言。
东吴世医沈君日新父，与沈世契、如水有委则有源。
新至切母脉，察母虚实寒与温。
谓非药可疗，精凿曾经腊水浸，中有谷气可以回脾元。
作糜饮母病良愈，说也乐甚，再拜谢新难具论。

嗟哉说与新，时之人，孝如说、艺如新，皆可敦薄俗、厚彝伦。

只今圣王敷五教、举逸民，一朝征车轰动龙伯国，陈情有表应更语谆谆。

新也上医国固有道，说也孝感、可以假上帝通神。

明是谓同姓，不减骨肉亲。

二子孝与艺，流布千秋春。

《全元诗》第三十六册，杨镰主编，中华书局2013年版，第304页

赠岑医士

经络多歧脉贯身，颠崖性命属谁伸。
如生独得岐黄秘，起死能兼郭华神。
龙献古方长系肘，虎巡熟杏不伤人。
悬知此道无疵吝，花发莺啼到处春。

《全元诗》第三十六册，杨镰主编，中华书局2013年版，第338页

周霆震

周霆震（1292—1379），字亨远，号石初。安福（今属江西）人。幼年便以聪颖好学受宋遗老龙仁夫等人器重。延祐年间（1314—1320），屡试不中，后不求仕进，专攻诗文。至正后期迁居吉安，闭门授徒。有别集题为《石初集》十卷，由其门生所编。因其一生历经战乱，诗歌风格沉郁苍凉，感愤颇深。

记病

干戈余劫数，邑里众死亡。楚氛日晦蒙，恍若初望洋。
况能辨玉石，狼顾骇且僵。哀哉畴能违，付此烈焰场。
呼嘘蔓亲邻，苦毒烦中肠。老妻卧沉沉，念我新著床。
唤妻取汤药，翼我期寿康。宁复忧其危，且为我周防。
卜稽倏遇困，卦兆非祯祥。妻命竟莫逃，苦语应难忘。
提携乳下孙，戏弄每在傍。相从绝可怜，溘先朝露翔。
我时属方剧，饮恨神惨伤。棺殓付儿曹，草草归山冈。
逝者忍长痛，来日仍叵量。阖门罄委顿，形势尤仓皇。
幸天垂至仁，坐睹日月光。诸儿遂遄起，再拜酬穹苍。
目前强自慰，药物资先尝。老身仅一息，骨立勉自强。
屡危迄就理，所赖医士良。服饵逾十旬，瓶罂竭储藏。
扶持力更无，举体皆疮疡。脾胃苦易侵，滋味多所妨。
冥冥等缧囚，兀兀类耄荒。摧残甘委弃，感愤涕泗滂。
夜来秋日梦，神气殊飞扬。起坐不成寐，意与西风长。

愿言借吹嘘，濯发晞扶桑。

《全元诗》第三十七册，杨镰主编，中华书局2013年版，第10页

老　病

丧乱惊回首，艰难厌久生。寥寥平生策，落落古人心。
夕照惊歧路，晨霜忆故林。折腰宁五斗，敝箒或千金。

《全元诗》第三十七册，杨镰主编，中华书局2013年版，第32页

谢应芳

谢应芳（1296—1392），字子兰，号龟巢。常州武进（今属江苏）人。自幼钻研理学。至正（1341—1367）初，隐白鹤溪上，名其室为“龟巢”，因以为号。授徒讲学，导人为善，颇有成效。江浙行省荐任衢州清献书院山长，不就。曾参与修撰郡志，元末避地吴中，明兴始归，隐居芳茂山，为学者所宗。有诗文集《龟巢稿》二十卷，另撰《辨惑编》四卷，《思贤录》五卷，《思贤续录》一卷。

自冬而春举家病疫，予幸独无恙，既而疾止，诗以自贺，并记里俗之陋

昨岁夏秋旱，四国人颠连。饿死非不悲，病疫尤可怜。
甚者枕相藉，遗骸饱乌鸢。安知期月余，厉气犹郁然。
余家百余指，连屋鱼贯眠。顾我如一木，支此败屋颠。
上堂问汤药，下厨供粥饘。乡邻不我过，恐为疫鬼缠。
俚俗无足怪，妖巫肆讹传。所赖学之力，赋命知自天。
立言斥淫祀，秉志金石坚。慈亲今健饭，甥男仍满前。
吾妻及女婴，问寝相后先。嗟哉黄杨木，脱此厄闰年。
东风播阳和，草木仍春妍。

《全元诗》第三十八册，杨镰主编，中华书局2013年版，第2页

病中梦徐伯枢戴时中见过，既而伯枢惠诗次韵答之

病来呼酒当神楼，又得牵丝作钓钩。
堪笑生为穷谷叟，何妨死作醉乡侯。
四壁西风茅屋冷，一帘疏雨桂花秋。
山童净扫门前路，数日频迎李郭舟。

《全元诗》第三十八册，杨镰主编，中华书局2013年版，第62页

为源长老赠医士单子达

老我无他技，怜君正妙年。父书能尽读，医术得亲传。
旧隐荆溪上，今居笠泽旁。幽兰纫古佩，采药洗春泉。
鹤守烧丹室，欧随载酒舡。每闻驱二竖，近喜活枯禅。
优钵微含笑，频伽喜欲颠。却还青玉案，持去白云篇。
高谊能如此，明时岂舍旃。政须医国手，为我救颠连。

《全元诗》第三十八册，杨镰主编，中华书局2013年版，第77页

余患痈疽，适兵后无医药可疗，即事口占并寓感叹

吮疽人在五侯家，市肆都无药可赊。
童子归来风雪夜，老夫愁绝对梅花。

《全元诗》第三十八册，杨镰主编，中华书局2013年版，第80页

病中即事二首

何物青蝇滓玉壶，掣鞲饥鹘攫鹓雏。
病躯痛作雷鸣腹，垢面愁添雪满须。
欹枕卧看残菊在，下床呼取短筇扶。
客来与说塞翁马，笑指苍天慰老夫。

天方老我心如铁，谁谓谗人口铄金。
覆辙始知行路险，移家此去入山深。
瓶无储粟还沽酒，爨有焦桐莫制琴。
且喜日来聋两耳，从教蚯蚓作龙吟。

《全元诗》第三十八册，杨镰主编，中华书局2013年版，第120页

赠眼医张嘉甫

重瞳天子真天人，择医乃得天麒麟。
金篦不刮眼中膜，家有异药能通神。
璇霄沆瀣和玄霜，洗涤灵台烟火热。
刀圭微入阿堵中，风卷浮云出明月。
天颜咫尺频为喜，白金紫骝恩甚侈。
岂无太史载书册，继美仓公上池水。
老夫一目云模糊，扶备远来烦扫除。
京华道上鬼揶揄，迩诗将比蛇衔珠。

《全元诗》第三十八册，杨镰主编，中华书局2013年版，第125页

赠医师张有成

嗟哉延陵古城郭，旧家乔木秋萧索。
先生眉寿气如春，借问平居果何乐。
笑言吾乐的于天，燕飧不劳钟鼓作。
一从无梦见周公，青缃五经束高阁。
便便老腹只医书，颇学卦人卖□药。
药囊得钱尽沽酒，儿舞斑衣我杯勺。
有时出郭看青山，手策筇枝曳芒屩。
扬子江头隔河口，睎发沧州吟杜若。
归来一曲焦尾桐，今古闲愁总忘却。
老夫喜闻心与同，以言相赠仍相约。
东门之东剑井西，萝屋数椽云一壑。

肯为寻山数见过，樵饮渔歌良不恶。

人生百年能有几，但见花开与花落。

世传仙人上天骑白鹤，荒唐缪悠言不怍，请从先生持笔削。

《全元诗》第三十八册，杨镰主编，中华书局2013年版，第160页

赠医士钱伯祥

杏林老仙山泽癯，幅巾逍遥曳长裾。

逢人善作青白眼，有子能受黄岐书。

酒对玉峰倾凿落，丹成金鼎养芙蕖。

焦桐挂壁断弦久，药杵声中乐有余。

《全元诗》第三十八册，杨镰主编，中华书局2013年版，第254页

杨维桢

杨维桢（1296—1370），字廉夫，号铁崖、铁笛道人，又号铁心道人，晚年自号东维子。山阴（今浙江绍兴）人。泰定四年（1327）进士，授天台县尹，后任钱清盐场司令。至正（1341—1367）初，官至建德路总管府推官，继升江西儒学提举。元末避乱居富春山，后迁居钱塘（今杭州）。明洪武（1368—1398）初，召修礼乐书，不受。后赐安车诣京师，留居三月放还。其诗以古乐府为佳，以务实求新为特点，史称“铁崖体”，极为历代文人所推崇。著述颇丰，有《东维子文集》三十卷，《铁崖古乐府》十卷，《复古诗集》六卷等多种诗文集。

艾师行赠黄中子

艾师艾师古中黄，肘有补注明堂方。
笼有岐伯神针之海草，箧有轩辕洪炉之燧光。
针窠数穴能起死，一百七十铜人孔窍徒纷厖。
三椎之下穴一双，二竖据穴名膏肓。
百医精兵攻不得，火攻一策立受降。
金汤之固正捣穴，快矢急落如飞鸧。
梅花道人铁石肠，昨日二竖犹强梁。
明朝道人步食强，风雨晦明知阴阳。
老师药卷不受偿，何以报之心空藏。
施药胜施羊公浆，会有仙人报汝玉子成斗量。

《全元诗》第三十九册，杨镰主编，中华书局2013年版，第55页

医师行赠袁炼师

大茅先生上天司死生，每岁考校月之二日为嘉平。

至今华阳有仙会，会则鬼兽叫啸丹光明。

上帝又闵其人之枉死，必生仙医有如贞白者，代居山中救愚氓。

自从贞白上仙去，杏林剪伐橘井夷沟坑。

越七百岁乃有袖云氏，弱冠学道朝天京。

天子问道赐爵秩，师拂衣去还山自吹鸾凤笙。

不烧竹，不辟谷，不餐日月精，不役罡诀甲与丁。

人有奇疾弗能名，郁如病草无勾萌。

师一视，挛者伸，瞽者觌，跛者行。

门之无父咀之剂、针石之兵，惟有日两炊饭折足铛。

乃云太上亲传一管笔、三轴经，无忧祖师传至我，我奉行之无足惊！

吾闻上古俞跗善疗疾，不施汤液尚须皮毛解剥净洗五藏腥，如何三经一笔乃尔灵！

人报以金掷之如瓦砾，以廉售欲岂比长安清，亦何必隐居辛苦注《草经》。

呜呼，人生喜怒悲乐病易成，须发日槁为星星。

便从炼师乞浆啖火枣，青华定录共见茅君盈。

《全元诗》第三十九册，杨镰主编，中华书局2013年版，第56页

陈医者

霍显使淳于衍毒许后，助逆也。

陈仙奇使山甫毒李希烈，助顺也。

史臣不以郦寄诱吕产为卖友，以其助汉取贼也。

郦寄不以诱吕产为卖友，则山甫不以毒希烈为卖主也。

虽然，大将不讨贼，而假手于吹咀之夫，国柄可知也。

陈山甫，医术活万人。

为国杀元罪，汝医非不仁。
大将不击贼，斧钺养凶器。
吁嗟山甫氏，刀圭土麒麟。
岂比妖术谋全身，金匦甘露杀窦臣。

《全元诗》第三十九册，杨镰主编，中华书局2013年版，第204页

吴　莱

吴莱（1297—1340），字立夫，本名来凤。浦江（今浙江浦江）人。元朝集贤殿大学士吴直方长子。延祐年间（1314—1320）举进士不第，退居乡里，著《观日赋》以明志。后隐居松山，潜心著述，四方学士皆慕名来拜。曾被荐饶州路长芗书院山长，不就。终生未仕，卒后由门人私谥渊颖先生，后更为贞文。能诗，尤工歌行，对元末“铁崖体”诗歌有一定影响。卒后由其门生宋濂编《渊颖集》十二卷，另著《三朝野史》一卷，多著阐述经义之著述如《尚书标说》《春秋世变图》《春秋传授谱》等。

问五脏

我问昔生我，系胎果何神。上颅下负趾，五脏交错陈。
胎经已不足，乳湩复不匀。黔雷不我职，粉饰强为人。
自宜多灾害，无以保命真。元气日呰败，客邪作艰屯。
彼何瓠而肥，言貌勇若震。此何霉而瘠，肢骨弱不伸。
嗟夫赋命间，岂不汝由因。我诚不汝慊，赢啬胡不均。
五精被我恼，诉我苍苍旻。恍然欲我答，天道汝当遵。
粤自汝有生，躔次逆星辰。矧从汝生后，戕贼逮汝身。
心兮本中居，与汝相主宾。汝何不祗敬，狂役类风轮。
坎离渐违行，龙虎起战嗔。一元竟不守，散入万微尘。
惟脾制水谷，四体承华津。肴蔌噤汝口，酒浆绝沾唇。

司禄不上计，畀汝藜藿贫。饥肠常九回，苦吻添荆榛。
何天不汝锡，服用无箱囷。抑汝弗事天，寝食失鼎茵。
天本不病汝，汝实使病臻。汝仍不耐病，虚躁复善颦。
内亏但外养，众药聚毒芬。金石草木虫，乱投剧斧矜。
五精恒不宁，乖沴积相熏。寒增热或壮，顷刻异冰薪。
当知汝五脏，独不与汝亲。何庸汝反诘，斗我似越秦。
吁哉一脏损，五脏遽不醇。齿牙渐凋䵟，肤肉还削皴。
汝徒职汝职，躯壳有君臣。天曾尽赋汝，造化匪不仁。
我闻五精言，凿凿总有伦。曰人本之天，辟若泥在钧。
一时巧相值，万物混无垠。圣愚且同裸，毛介与角鳞。
我惟有心肝，是号横目民。心肝既属我，荣卫盍絪缊。
遍历燥湿滑，备尝酸咸辛。虐汝重役汝，汝得我缁磷。
蚯蚓尚无脏，静夜解唱呻。蝴蝶亦复然，翾飞媚阳春。
彼宁心肝具，物性各有循。镠纳或土化，死生仅昏晨。
自今我即安，无往不宠珍。忍令百岁后，销变为烟磷。
曲肱便莞箪，就口取脘臕。五精速归脏，大宅集灵氛。
张毅喜奔走，热中果如焚。单豹好容颜，饥虎特汝邻。
二者乃天道，我将何所云。作诗示同党，聊以博笑忻。

《全元诗》第四十册，杨镰主编，中华书局2013年版，第12页

病　齿

我生本多病，一瘦恒踽踽。试问玉陇君，何为忍吾苦。
自其初龀时，排次已不伍。每闻编贝如，方朔仅虚语。
信哉骨之余，所托车与辅。舌神乃中居，犹赖汝疆圉。
有身竟攻残，元气徒呰窳。勿庸蠹斯蚀，尚未刚可吐。
寻常薄滋味，势不劳吞咀。粗骰及硬饼，错列空匕俎。
岂伊类门枢，不动固先腐。软糜幸能餐，梨栗稀复睹。
我思天地间，民物总胞与。尔自本属吾，安能遽秦楚。
龃龉或更生，华池仍发乳。当从真我师，为说养生主。

今年吾壮强，三十逾六五。更后三十年，零落何足数。
起呼白卢工，堇酒且酌取。谁与刘师服，高咏聊戏侮。

《全元诗》第四十册，杨镰主编，中华书局2013年版，第57页

贡师泰

贡师泰（1298—1362），字泰甫，号玩斋。宣城（今安徽宣城）人。其父贡奎为饱学之士，家学渊源，自幼喜读经典，嗜习古诗词。元泰定四年（1327）进士，授太和州判官。官历翰林待制、国子司业、擢礼部郎中、拜监察御史。至正十四年（1354）除吏部侍郎，后迁兵部侍郎，授两浙都转盐运使，历户部尚书，转漕闽海吏部侍郎。至正二十二年（1362）召为秘书郎，行至海宁，因疾卒。后由门生辑其遗作编为《玩斋集》十卷。

赠庐医

豫章庐斌好远游，落魄燕台今白头。
酒家不识滦都尉，女子乃知韩伯休。
天茄结实庭户晚，山药作花离落秋。
投老欲归寻旧隐，忽骑孤鹤过扬州。

《全元诗》第四十册，杨镰主编，中华书局2013年版，第277页

送马叔敬赴江西医学提举

柳花飞尽绿荫多，万里归船发御河。
自叹官闲无客到，却怜君去有谁过。
丹成海上收瑶草，酒熟江南醉碧荷。
何日定将医国手，为民谈笑起沉疴。

《全元诗》第四十册，杨镰主编，中华书局2013年版，第283页

送医士王安重

满天风露气苍苍，十二台高桂子香。
白兔夜寒分白玉，红莲春暖长沙床。
上医名就肱三折，大药功成视一方。
海上谩传瓜五色，长生元不远昌阳。

《全元诗》第四十册，杨镰主编，中华书局2013年版，第289页

别周炼师云台真馆

二十八将已仙去，真馆有台名偶同。
白鹤千年来故国，青山万叠起神宫。
有时采药幽涧底，无事种花深谷中。
昨夜曾携龙虎出，一坛明月满旗风。

《全元诗》第四十册，杨镰主编，中华书局2013年版，第289页

月舫为袁炼师赋

老龙吹浪满江湖，雪兔西飞碧落孤。
太乙方乘莲一叶，蕊仙还倚树三株。
开窗白露沾琼佩，对酒寒光射玉壶。
万顷秋波看不尽，却携灵药上玄都。

《全元诗》第四十册，杨镰主编，中华书局2013年版，第290页

送医士张景远归太平之黄池

秋塘雨白水平堤，有客撑船系屋西。
司马赋多方病渴，葛洪丹熟尚封泥。
满阶花落惟金凤，开户香来是木樨。
昨夜月明天似水，橹声不觉过龙溪。

《全元诗》第四十册，杨镰主编，中华书局2013年版，第299页

李　祁

李祁（1299—?），字一初，号希蘧。茶陵（今属湖南）人。元统元年（1333）进士，授翰林应奉文字，后因侍母于江南，得授婺源州同知。至正四年（1344），升江浙行省儒学副提举，后又授江西肃政廉访使，不就，隐于江西永新山中。入明后，隐逸以终。卒后，由俞子茂汇编遗稿，刊刻《云阳集》十卷。

赠医士罗梅村

禾川罗公望，以善医名于时。怀其艺以应人之求，有疾者竞趋之，随证治疗无不验者。而尤笃慕清雅，故其号曰梅村。予既喜其艺之善，而又爱其号之清，故为赋诗，以称道其志云。

爱梅常自种，岁久忽成村。乱吐香浮屋，横梢影过门。
就枝悬药里，倚树泻芳寻。不见林和靖，凭谁与共论。

《全元诗》第四十一册，杨镰主编，中华书局2013年版，第141页

和欧阳承旨赠医士刘仲宾

白发相看不记年，日光长似镜光悬。
连车尽载君臣药，卧箧常留子母钱。
酒共山中苍鹿饮，方从海上白龙传。
只今自笑无拘束，万顷烟波着钓船。

《全元诗》第四十一册，杨镰主编，中华书局2013年版，第144页

钱 宰

钱宰（1299—1394），字子予，一字伯均。会稽（今浙江绍兴）人。至正年间（1341—1367），中甲科，亲老不赴，教授于乡。明洪武年间（1368—1398），以明经征修礼乐书，后授国子助教。洪武十年（1377）归休。洪武二十七年（1394），又诏修《书传会选》，并献《金陵形盛论》，以国子监致仕。有《临安集》十卷。

题钱达卿云林采药图

清溪流水行者谁，野服飘然歌紫芝。
山人要觅蓬莱药，越女喜得邯郸医。
丹崖断陇落日晚，青林小屋还云迟。
归来笑倚桃花树，尘世浮沉都不知。

《全元诗》第四十一册，杨镰主编，中华书局2013年版，第211页

题方德远云林采药图

小岛蓬莱隔群河，劚苓采术每相过。
不经海水三千远，已活童儿五百多。
芝草春云生石上，桃花流水渡山阿。
归来更阅神农纪，今古良医奈尔何。

《全元诗》第四十一册，杨镰主编，中华书局2013年版，第211页

唐桂芳

唐桂芳（1299—1370），一名唐仲，字仲贤，号白云，又号三峰。歙县（今属安徽）人。早年师从洪焱祖，至正年间（1341—1367）荐授崇安县学教谕，迁南雄路学正。入明，任紫阳书院山长。由明人程敏政编《唐氏三先生集》三十卷，列入其父唐元、其子唐文凤三代诗文，其中含唐桂芳《白云集》七卷。

病中谢陆和夫馈药

微暑不知夏，好风生层波。如何草径塞，返关养沉疴。
故人倏相遇，感激良已多。手持千金剂，荡涤气未和。
须臾奏神效，勃勃衰颜酡。小儿强扶出，一鸟鸣岩阿。
平生精进念，功名敛一蓑。未虞即溘死，瘦骨高嵯峨。
明朝入城市，白日尘满靴。松根茯苓熟，早晚重来过。

《全元诗》第四十一册，杨镰主编，中华书局2013年版，第242页

赠叶璧山十八韵

余生甫四龄，暴下如惊湍。阿翁迎医来，命在生死关。
少小不复识，言之尚辛酸。弱子复四岁，如我病益艰。
僵卧骨欲立，愦愦忘晨餐。叶君为调护，再补脾力完。
稍稍杂啼笑，聪慧令人欢。不虞朝雨作，乃实衣裳单。
须臾面漆黑，仓皇起忧端。多君投匕剂，神功使生还。
曾闻古扁鹊，饮水见肺肝。察形与切脉，不俟思虑间。

既具医国手，胡为爱微官。两年坐学宫，山深夜月寒。
临歧何以赠，愧乏青琅玕。

《全元诗》第四十一册，杨镰主编，中华书局2013年版，第253页

释大圭

释大圭(1304—1362)，俗姓廖，字恒白，号梦观道人。泉州晋江（今属福建）人。至正年间（1341—1367），居泉州紫云寺，于元末战乱中卒。幼年出家，博览群书，《四库全书总目》评其诗“气骨磊落”。著有《梦观集》《紫云开士传》。

病不能寐作

长身一病后，生意苦无多。相对孤灯在，不眠清夜过。
向来殊可笑，后日竟如何。默定行藏计，余生委薜萝。
窗曙来禽语，庭寒独树青。物华犹婉娩，吾道已伶俜。
白日荒人事，残年对佛经。古来豪杰者，多少老沉冥。
《全元诗》第四十一册，杨镰主编，中华书局2013年版，第355页

病甚廓上人能来

卧病百余日，拥衾山雨寒。世人不我爱，之子独相看。
市药能盈裹，春蔬得满盘。一闻此问讯，吾道愧艰难。
乱余饥又甚，云散我庐空。时运方如此，人心莫与同。
病身须一躄，天下付诸公。为报平生友，途今处处穷。
《全元诗》第四十一册，杨镰主编，中华书局2013年版，第365页

病起见必上人去秋所惠诗次韵

闭户春寒燕子前，寥寥孤坐掩残编。

中年心事谁复识，南院故人殊可怜。
隔岁相思诗在箧，清秋忆共夜谭禅。
交游疏远身多病，莫笑当时孟浩然。

《全元诗》第四十一册，杨镰主编，中华书局2013年版，第368页

病起简所知

清白堂前客似云，新诗吟罢倒芳尊。
不知尚记龙钟不，病起云深独掩门。
长恐心期愧古人，半生曾未拜车尘。
独怜身世枯蓬草，零落秋风不见春。

《全元诗》第四十一册，杨镰主编，中华书局2013年版，第380页

病　起

澹澹心情病始苏，蛛丝风叶小窗虚。
只今嚼蜡人间味，岁晏生涯有束书。

《全元诗》第四十一册，杨镰主编，中华书局2013年版，第382页

病中郑南村至

病身如鹤寄枯林，浮世无人识此心。
不是君来相问讯，四檐风雨入呻吟。

《全元诗》第四十一册，杨镰主编，中华书局2013年版，第385页

何景福

何景福（生卒年不详），字介夫，号铁牛子。淳安（今属浙江）人。因所遇非时，累避不赴。元末战乱，居于乡里，以诗酒自娱，终身不出。著有《铁牛翁诗》。仅存《铁牛翁遗稿》一卷。

书药丹

木兰为辑沙棠舟，翩然荡漾从夷酒。
其中家具载何物，缥帙万卷金丹百斛装两头。
东林旧有回公约，散金收书仍畜药。
药期济世书名家，葫芦不挂袖里无青蛇。
有时駒鼾浪花里，黄粱一枕邯郸市。
忘机狎鸥鸥不猜，长鸣飞鹤横江来。
吾伊有声出金石，抽添有误传金台。
君不见白玉堂，黄金屋，身后空名真一粟。
又不见赤松子，丹丘生，眼底直视无三彭。
舟中书药无尽藏，明月行天风破浪。
何当更著水曹郎，风流来往苕溪上。

《全元诗》第四十一册，杨镰主编，中华书局2013年版，第441页

叶 颙

叶颙（1300—1374），字景南，号云鼎天民。金华（今属浙江）人。早年肆力学问，无意仕进，隐居芙蓉峰下。后结识贯云石，并移家城山西隅，吟咏自娱。晚年历经元末战乱，入明后仍不改其乐，采山钓水，饮酒赋诗。所作诗歌结为《樵云独唱》六卷。

姜明德医学录任满，诗用美之，并以医之利害语之

丈夫生世六尺躯，饥餐渴饮当及期。
目观鼻嗅耳司听，各职乃事尔勿离。
喜怒哀乐无妄施，威赏之柄不倒持。
雍容进退正合宜，天其相汝百福随。
神清虑淡寿且耆，颜色丰泽毛发黟。
无不足兮何所望，子孙妻妾皆欢怡。
寒温风雨倘失时，人心私欲复蔽亏。
堂堂正气日以衰，瘵疠始得乘其危。
膏肓一穴自古有，区区二竖宁知斯。
惜哉医缓不务此，仓猝遽谓疾弗治。
若药瞑眩罔不愈，缩手退避计或迟。
乃知用药如用将，用非其类悔曷追。
芫巴乌附吾所用，参术之辈胡能为。

信乎药者亦凶器，古人不得已用之。
姜君职医识此理，愚民攀慕贤守知。
延年却老学妙术，回生起死参神奇。
杏林春色香韵美，芳葩渐满东风枝。
他年丹实亿万斛，慎勿往取虎豹窥。
我身刚强甚无恙，半世落魄癖在诗。
赋性倔强成傲物，胸次未扫平生痴。
高谈惊世鄙俗讶，左计失策群儿嗤。
疏狂往往激众怒，而我戏笑方嘻嘻。
岂无甘言悦人意，胡塞巨口而不谀。
后先颠倒皆类此，愿将斯疾祈君医，愿将斯疾祈君医。

《全元诗》第四十二册，杨镰主编，中华书局2013年版，第32页

疮痍病

艾灸汤焫只自劳，通身是铁也应消。
麻姑去后无消息，我欲呼来痒处搔。

《全元诗》第四十二册，杨镰主编，中华书局2013年版，第83页

赠医目黄有翁三首

林泉胜处烟霞癖，车马尘中利欲迷。
动静两边俱是翳，幸烦刮膜试金錍。
仰观宇宙空无物，俯察身心绝点埃。
内外幸然明似镜，敢将青眼向君开。
自笑平生眼最明，人间妍丑见弥真。
何当别觅昏眸药，我欲韬光混世尘。

《全元诗》第四十二册，杨镰主编，中华书局2013年版，第123页

谢姜明德学录见医膏肓痼疾二首

少年曾读活人书，术岁能为司马医。
学究岐黄惟我许，术参卢扁少人知。
鼎中九转丹垂就，肘后千金世莫窥。
旧有烟霞泉石涸，饮君一匕顿成诗。
偶然奇疾在膏肓，谢子殷勤数送方。
岂但独除前日苦，更能顿歇晚年狂。
云边丹杏香方美，世上黄粱梦正长。
时事转艰吾鲜乐，取餐芝术访仙乡。

《全元诗》第四十二册，杨镰主编，中华书局2013年版，第140页

倪　瓒

倪瓒（1301—1374），初名倪珽，字泰宇，别字元镇，号云林。江苏无锡人，早年师从王仁辅，居室清閟阁为至正年间（1341—1367）江南文人会集之处。一生隐居不仕，喜好山水和墨竹，被明人列为“元末四大家”之一。书法从隶书入，有晋人风度，亦擅诗文。元末于战乱中变卖家产并以诗书自娱。洪武七年（1374）卒。有《倪云林诗集》六卷传世。

卧　病

早忧命觞罼，抱疾忽经旬。止酒却腥腐，端居谢喧尘。
粗秽除内滞，清虚以怡神。江云载飞雨，飘飘洒衣巾。
矫首咏玄虚，精思候仙真。道园游恬淡，心兵息狂猘。
泠然风涛静，鼓枻银河津。戒哉贪饕子，病原果何因。

《全元诗》第四十三册，杨镰主编，中华书局2013年版，第20页

赠丁医士

泊舟风雨芙蓉城，江上君山云锦屏。
我来已是千年后，馆主子孙犹姓丁。
丁君手炼不死药，芙蓉仙人久相约。
孤鳏七十老无家，种杏春来看落花。

《全元诗》第四十三册，杨镰主编，中华书局2013年版，第77页

恒德堂

虚林闲居养黄宁，隐几逍遥游玉京。
怡然乐康息天鲸，良医良相仙道并。
厥施同仁而异名，没身身存故长生。
龙虎佩符凤凰翎，出戏玄洲入紫清。
一念不已三千龄，子能神视庐幽贞。
观恒斯见天地情，气专志一德乃恒。

《全元诗》第四十三册，杨镰主编，中华书局2013年版，第83页

写画赠潘仁仲医士

屋角东风多杏花，小轩容膝度年华。
金梭跃水池鱼戏，彩凤栖林涧竹斜。
亹亹清谈霏玉屑，萧萧白发岸乌纱。
于今不二韩康价，市上悬壶未足夸。

《全元诗》第四十三册，杨镰主编，中华书局2013年版，第117页

舒　頔

舒頔（1304—1377），字道原，号贞素。绩溪（今属安徽）人。早年受业于李青山门下，得教于马祖常。至元年间（1335—1340），被荐为贵池教谕，任期满，调行丹徒教官。至正十年（1350）转台州学正。元末战乱，隐居山中，入明，拒受朱元璋大将邓俞请求，筑草庐为读书之所，明洪武年间（1368—1398）卒于家中。著有《古淡稿》《华阳集》等诗文集。今存《贞素斋文集》八卷，《贞素斋家藏集》四卷。

病　退

清闲无病恼，即是老神仙。临水簪花饮，开窗枕月眠。
坐吟松下石，渴饮涧中泉。此乐无人解，玉箫吹洞天。

《全元诗》第四十三册，杨镰主编，中华书局2013年版，第277页

病　后

老矣筋骸弱，病余脾胃衰。已无裨世术，更欠入时诗。
旧水归新港，残花恋故枝。同眠不同梦，此意老天知。

《全元诗》第四十三册，杨镰主编，中华书局2013年版，第288页

齿　脱

今朝一齿脱，恍若孤城破。动摇许多时，被我独挨过。
一边无窒碍，五脏恐饥饿。虽免咀嚼劳，入口爱软和。

空洞亦自好，坚刚乃招祸。舌剑如寻常，匪才直欲唾。

《全元诗》第四十三册，杨镰主编，中华书局2013年版，第305页

病中问内弟戴仲本

我病虽迟减已多，不知仲本近如何。
少年诗酒磨风月，老去焉知疾病磨。
此日功名愿已疏，溪山随处乐樵渔。
如何二老同时病，彼各相遗问起居。

《全元诗》第四十三册，杨镰主编，中华书局2013年版，第311页

题和心斋道友药室

一室如丹久炼真，青芝赤箭杂新陈。
松花酿酒昔客留，槲叶烧丹今养身。
药笼出入成都市，风符上下扬子津。
三千童女鸣萧凤，吹出玄都树树春。

《全元诗》第四十三册，杨镰主编，中华书局2013年版，第336页

小　疾

日抱微疴费诵吟，等闲风月不关心。
病魔便合避三舍，诗价何曾值百金。
泉石烟霞从性癖，市朝尘土任渠深。
只今四海疮痍甚，安得秦人为砭针。

《全元诗》第四十三册，杨镰主编，中华书局2013年版，第341页

张　昱

张昱（生卒年不详），字光弼，号一笑居士，又号可闲老人。庐陵（今江西吉安）人。早年师从虞集。至正年间（1341—1367），官历江浙行省左、右司员外郎，行枢密院判官。后罢官，与周伯琦、杨维桢等游于吴中。明太祖征至京，厚赐遣还。晚居西湖寿安坊，无力修筑宅第，由友人资助得以而成，终日以诗酒自娱，卒年八十三。其诗文风格沉郁悲凉，出于虞集。有《张光弼诗集》二卷，又题《可闲老人集》或《庐陵集》。

卧病寄孟天炜郎中

数会诚不辞，暂离还相忆。虽无膏肓虑，伏枕已旬日。
雨雪高楼上，阴沉病增剧。不知湖中水，晴后添几尺？
日照花枝明，风吹柳条碧。感此春事深，携壶想无及。

《全元诗》第四十四册，杨镰主编，中华书局2013年版，第11页

种德堂为岳医士题

种德不在浅，种药不在深。虽有千亩地，不如方寸心。
种之百年后，所得非尺寻。忠信乃佳实，慈爱为繁阴。
如有仙人杏，一核延千林。以此惠后嗣，安用多黄金？

《全元诗》第四十四册，杨镰主编，中华书局2013年版，第18页

赠赵希哲还河南仍寄其父太医

赵生幼小辞乡里，长成却自河南至。
风流藉甚芝兰室，文采粲然瑚琏器。
懋迁不惮万里遥，鱼盐岁逐商人利。
杭州旧是繁华地，轻薄相逢增意气。
爱生不登酒家楼，重生不游花柳市。
秋风八月柳叶黄，束装别我还洛阳。
楼船大帆高十丈，顺风一日到高堂。
高堂双亲应有喜，宝货既丰儿亦至。
定呼斗酒出屏帷，膝下相欢复相慰。
自来阴骘富人家，庐山董奉非徒夸。
拜罢而翁烦问讯，好种门前仙杏花。

《全元诗》第四十四册，杨镰主编，中华书局2013年版，第31页

病　起

花事能消几夜风，樱桃叶底又深红。
岂无金缕湖波上，闲却玉杯春雨中。
枕上楚云元是梦，镜中潘鬓惜成翁。
莫言轻薄扬州事，著意题诗也未工。

《全元诗》第四十四册，杨镰主编，中华书局2013年版，第141页

采药径为方德远医士赋

药径香风作阵来，日扶长镵为徘徊。
绿怜地锦经春在，红觉山丹冒雨开。
本草有名俱用识，仙岩可采不须栽。
寻常踏破苍苔处，多是门生种杏回。

《全元诗》第四十四册，杨镰主编，中华书局2013年版，第152页

赠医士潘氏中和斋

心天一气贯中和，孺子膏肓若我何？
内景金花今证道，上池玉液不生波。
献方龙每乘云至，收杏人曾倩虎驮。
十世医传方脉在，门前无奈杏花多。

《全元诗》第四十四册，杨镰主编，中华书局2013年版，第180页

寄梁太医

冉翁邂逅海西边，风采何曾异往年。
谈客过门从取醉，贫家问疾不论钱。
送方龙每乘云去，种杏人曾见虎眠。
此寺希奇何足怪，古来医术尽通仙。

《全元诗》第四十四册，杨镰主编，中华书局2013年版，第181页

梁　寅

梁寅（1303—1390），字孟敬，号石门。新喻（今江西新余）人。元末累举不第，后征召为集庆路儒学训导。元末兵起，遂隐居教授。明初，征入京师修礼乐书，在礼局中，讨论精审，诸儒皆为推服。后以老病辞归，结庐于石门山，四方之士多从其学，学者称其为梁五经，又称石门先生。洪武十年（1377），于石门书院讲学，洪武二十二年（1389）去世。梁寅长于经史，不以诗名，其诗风大多平淡自然，无雕琢之迹。有《石门集》十卷，另著《诗演义》十五卷，《周易参义》十二卷，《策要》六卷等。

赠医士萧敬则

海上安期子，仙风可独攀。斸苓春雨里，种杏碧云间。
一竹看龙化，千峰与鹤还。神功比卿相，何必羡朝班。
《全元诗》第四十四册，杨镰主编，中华书局2013年版，第312页

题杨宏中药室

药室花潭近，悬壶柳市幽。书云生瓮牖，春水入苔沟。
捣药香尘散，烧丹伏火留。苓从松径斸，蒲向石根求。
素问晨窥阅，仙方夕校雠。金膏如可觅，吾亦慕玄洲。
《全元诗》第四十四册，杨镰主编，中华书局2013年版，第319页

病起言怀三首

卧病兼旬人事稀，草堂秋树挂晴晖。
邻鸡乍警饥狐出，林鸟无声独鹤归。
一川灌莽人分牧，千丈深潭龙或吟。
烈日每愁看赤地，玄云即待起层阴。
眼中百物嗟凋耗，多难谁知天地心。
山中日习惟疏懒，秋草连扉客少过。
灌圃何因分远涧，入林偏厌长垂萝。
移居瞰水心期遂，携友窥岩兴每多。
喜似闲僧思方寂，楚山千嶂涌苍波。

《全元诗》第四十四册，杨镰主编，中华书局2013年版，第333页

赠祝太医

绕舍春林多杏花，羡君多誉满京华。
劚苓曾蹑千峰翠，煮石应同九转砂。
扁鹊神功苏孺子，华佗奇术慕仙家。
玉堂辞赋殷勤赠，碧海珊瑚未足夸。

《全元诗》第四十四册，杨镰主编，中华书局2013年版，第337页

病　中

鬅鬙乱发似秋蓬，萧瑟千林落木风。
养病存心唯一静，何须劚药白云中。
浮世当休未得休，百年枯树赤心留。
山翁贫病多谙历，也胜人间种种愁。

《全元诗》第四十四册，杨镰主编，中华书局2013年版，第353页

吴 皋

吴皋（生卒年不详），字舜举。临川（今江西抚州）人。早年曾与梁寅一同在豫章郡学。师从吴澄，后出任临江路儒学教授。入明后，吴皋隐于乡里，不侍新主，以奉亲训子为务，四方之士纷纷登门拜访。时人著有诗文集《吾吾类稿》，今存三卷。尤工于五言，时人评其诗“冲淡和平，发乎性情”。

病足弥月邓汉杰惠紫竹杖

股疡爰类躄，良行改蹒跚。伏枕缩伸窘，窥关走趋艰。
宝至日旁午，闵余生苦颜。肃进藉辞接，送往卒复难。
忸怀靡自解，抚心不遑安。交亲意有会，贻以紫琅玕。
剔竿剪飞佩，劚本惊鸣鸾。纹侵宿雨润，节傲秋霜寒。
扶颠委令材，倚之良自宽。感此伦谊笃，怀德剧百端。
时危备驱策，永矢同相完。

《全元诗》第四十四册，杨镰主编，中华书局2013年版，第372页

病中七夕

清商初届候，庭柯振凉飔。华月露光彩，彩云乱葳蕤。
卧痾苦无悰，良宵心不怡。堂前树谖草，堂上发成丝。
连岁稔兵革，困厄病复滋。嗟余蹇且拙，智巧无铢锱。
磷缁莫或试，坚白雅自持。天孙嫔河鼓，适与此夕期。

再拜叩天孙，俾我遂所祈。竟宵不得命，孰意愚钝姿。
方悟巧拙理，付命非所移。所念罹厄运，钟祸亦荐奇。
穷共剧干纪，天地俱疮痍。天步尚艰阻，何由睹坦夷。

《全元诗》第四十四册，杨镰主编，中华书局2013年版，第381页

傅若金

傅若金（1303—1342），字与砺，一字汝砺。新喻官塘（今江西新余）人。少贫，受业于范梈。早年游于湖南等地，荐为岳麓书院直学，后弃学而去。至顺元年（1333）北游京师，受虞集、揭傒斯称赏，以异才荐于朝廷。顺帝三年（1335），傅若金奉命以参佐出使安南（今越南），归后任广州路学教授，年仅四十卒。遗作由其弟傅若川编为《傅与砺文集》十一卷。其诗有《初稿》《南征稿》《使还新稿》等集，时人评其诗"高出魏晋，下亦不失于唐"。胡应麟《诗薮》云其五律雄浑悲壮，有"老杜遗风"。

赠医士谢茂德

淦江远近皆名山，仙翁羽客多往还。
玉田辉辉生宝气，丹灶往往留人闲。
谢君逢之得其道，家积群书日探讨。
上池饮水能知物，东海得方还却老。
早时玉桂照庭阶，世俗纷华志寡谐。
几回酒到能倾坐，何处诗成不放怀。
古来医术资造化，内足看君貌闲暇。
市上悬壶岂近名，城中得药应同价。
种来林杏日青青，猛虎环行众不惊。
岂无诏使来弘景，亦有词人传宋清。
近者江城喜邂逅，人生那得长相就。

丹砂见说可轻身，迟子南行觅句漏。

《全元诗》第四十五册，杨镰主编，中华书局2013年版，第50页

卧病

风雨长沙郡，泥涂陋巷居。病嗟眠食少，贫觉往还疏。
杨柳低窗湿，莓苔映座虚。淹留未足恨，昆弟久无书。

《全元诗》第四十五册，杨镰主编，中华书局2013年版，第73页

袁士元

袁士元（1305—?），一名宁老，字彦章，号菊邨。鄞县（今浙江宁波）人。曾荐受县学教谕，历任西湖书院山长，鄮山书院山长，擢平江路学教授。著有诗集《书林外集》七卷。

上陈县尹以省太医起

十载神京览德辉，从容谭笑动皋夔。
薇垣日近承恩早，花县春寒出宰迟。
赤水丹山仙境界，铜章墨绶汉威仪。
泮林群士多凋瘵，养老与贤慰所思。

《全元诗》第四十五册，杨镰主编，中华书局2013年版，第258页

陈 谟

陈谟（1305—1388），字一德，号心吾。泰和（今属江西）人。自幼好学，屡试不中。后以教授生徒为业，隐居不仕。洪武（1368—1398）初，征至京师议礼，赐座讲学，引疾辞。屡聘为江浙考官，著述教授以终。有《海桑集》十卷。

赠云心医士

白云与君君莫违，不令尘土上君衣。
晓随劚药霏霏出，暮逐悬壶冉冉归。
勾漏岩前寻葛令，长沙道上识张机。
蹇予独向青原下，七十卧云今是非。

《全元诗》第四十五册，杨镰主编，中华书局2013年版，第373页

于　立

于立（生卒年不详），字彦成，号虚白子。南康庐山（今属江西）人。自幼明敏好学，学道会稽山中，得石室藏书，遂以诗酒放浪江湖。曾与顾瑛友善，隐于玉山草堂，为其品题书法名画。有诗名，善近体五言、七言，《草堂雅集》收入其诗九十七首。顾瑛以为其长吟短咏，有“二李”之风。

题天台采药图

天台之山千崖万崿，下压玄阴之九垒，上通青天于一握。
长松古桧阴森蔽白日，飞湍悬瀑澒洞振岩壑。
穷搜远讨不可极，中有仙人在寥廓。
褰衣涧曲者谁子，似欲长往穷冥漠。
石桥流水定何处，鸟啼春暮桃花落。
但见霓旌飘飘集仙侣，丹光翠色映楼阁。
授子素书仙可学，况有琼浆与灵药。
云霓衣裳霄雾乐，瑶床玉枕真珠箔。
此中居处良不恶，胡乃区区念城郭。
世道日偷民德薄，变转更迁如六博，人间不似山间乐。
呜呼，人间不似山间乐，胡为丁令归来化为鹤。

《全元诗》第四十五册，杨镰主编，中华书局2013年版，第385页

周闻孙

周闻孙（1307—1360），字以立。庐陵（今江西吉安）人。至正（1341—1367）初中乡试，次年荐入史馆，参修辽、金、宋三朝史。时以论修宋史不合，出为鳌溪书院山长。复为贞文书院山长。至正十六年（1356），授白鹭洲书院山长，后改袁州儒学教授，未赴，家亦毁于兵乱，遂不仕。著有《鳌溪集》二十卷，今存四卷，另著《尚书一览》《河图洛书序说》等。

谢郭北溪治病

桃源辟地无真仙，令我不乐思山前。
人生无家何所托，贫病交攻谁见怜。
郭侯一见心为恻，烫熨为我苏沉绵。
君不见狄梁公，一生苦乏大药资。
又不见宋清氏，焚券如山终。
不疑美人溱洧空相忆，芍药何由资服食。
齐烟一点望中来，艾子功高有娇色。
郭侯本是忠武家，诗书与我共生涯。
高吟中律鬼神泣，进士传经朋辈夸。
反思世路多豺虎，倾尽春前喜相语。
吟溪桥上桂枝风，皂角林边杏花雨。
彭觞寿夭谁能齐，多病何堪值乱离。
余年相见得无恙，赋诗酌酒甘如饴。

古称伊吕资相敌，未读龙韬读汤液。
郭侯郭侯好材力，左手刀圭右金戟。
时危不尽活人功，好马太平跻寿域。

《全元诗》第四十五册，杨镰主编，中华书局2013年版，第528页

华幼武

华幼武(1307—1375)，字彦清，号栖碧。无锡人。居家侍母，平生笃于孝友，与元末名士倪云林、周伯琦等人皆有唱和往来。至正二年（1342），中书省表其门曰“贞节”。当时名流张翥与陈方曾分别为其作《春草轩记》《栖碧轩记》以彰其家居春草轩、栖碧轩。中年时期颠沛流离，晚年携家眷归故里。有诗集《栖碧先生黄杨集》六卷。

病中写怀

经旬卧病百忧生，欹枕无缘梦寐清。
蜑海风尘何日静，农田雷雨几时倾。
儿能检药知亲餐，妇劝加餐慰母情。
啄黍鸡肥新釀熟，杖藜徐起看秋成。

《全元诗》第四十六册，杨镰主编，中华书局2013年版，第95页

病后寄张飞卿

每怀抱病城南日，感子流连数问安。
舟出重闉愁远别，袖携芳馔嘱加餐。
临风跷企心徒切，载酒从游力未完。
遥想彩衣欢奉处，黄花满地醉团栾。

《全元诗》第四十六册，杨镰主编，中华书局2013年版，第104页

送林子明嘉定卖药

林君卖药吴城东，良心自与神仙通。
君今移家练祁去，好种杏花千万树。
花开烂漫功业成，彩衣归舞春风轻。
埙篪迭奏酌春酒，再拜堂前为亲寿。
杏林千年芳不朽。

《全元诗》第四十六册，杨镰主编，中华书局2013年版，第145页

张　简

张简（生卒年不详），字仲简，号云丘道人，又号白羊山樵。姑苏（今江苏苏州）人。早年随道士张伯雨隐居鸿山。至正（1341—1367）初因母老归养，遂返儒服。明洪武年间（1368—1398），应召修《元史》。诗风淡雅，有《云丘道人集》。

次韵范景逸立春日病中之作

岁暮西岑雪未晴，范公祠下少人行。
探梅踏冻烦丹使，扶病迎春问曲生。
石灶茯苓和雪煎，云根流水似冰清。
瓜田数亩春泥暖，好课岩中子弟耕。

《全元诗》第四十六册，杨镰主编，中华书局2013年版，第290页

释宗衍

释宗衍（1309—1351），字道原。中吴（江苏苏州）人。至正（1341—1367）初，居于石湖楞伽寺，以诗画见长。诗法杜甫，博采汉魏，时有诗名。后主嘉禾德藏寺，声望名于一时。有《碧山堂集》五卷。

赠医者赵郭冼

赵郭冼，儒而医者也，凡遇疾之不可为者，辄能起之。万户玉泉公得奇证，冼药之，即差愈，其报不受。余闻而憙也，乃赋以赠之。丈夫生世间，不为良相为良医，昔闻此语今见之。

赵郭先生本儒者，学成小官不愿为。
传家自读岐黄书，济人之术乃有余。
宋清轻利长焚券，韩康避名将隐居。
玉泉将军忠孝裔，王事勤劳体憔悴。
先生脉之药不试，才进刀圭疾皆治。
将军起勤先生酒，弊帛篚筐将意厚。
先生饮酒谢弗受，此意今人不多有。
将军为国不顾身，先生有道能安贫。
丈夫生世当如此，却愧偷安幸利人。
即今圣主多贤臣，万方承平不动尘。
愿推此道苏民瘼，普使乾坤浩荡春。

《全元诗》第四十七册，杨镰主编，中华书局2013年版，第322页

赠医士沈生三首

周礼医师贵十全，沈君药术是家传。
丈夫不必为良相，能惠斯民也自贤。
医家三世号专门，沈氏亲传祖父孙。
好是活人阴德厚，盛回生意补乾坤。
年来海内苦疮痍，无乃侵陵困有司。
焉得似君医国手，普令饱饭乐清时。

《全元诗》第四十七册，杨镰主编，中华书局2013年版，第364页

迺 贤

迺贤（1309—1368），字易之，号河朔外史。西域合鲁（葛逻禄）部人。入中原后，先居南阳（今属河南），后迁居庆元（今浙江宁波）。早年从学于郑觉民，至正五年（1345）离浙北上，赴大都访学，生逢战乱。至正二十二年（1362），诏任翰林学士。经年，代朝廷祭祀南狱、南海，官至参枢密院同知。有《金台集》《海云清啸集》等诗集，多记录战乱期间，百姓颠沛流离之状，以记述写怀为主。另著《河朔访古记》。

病中答张元杰宗师惠药

卧病临高馆，丹芝幸见分。铜瓶朝挹水，石鼎夜生云。
坐久灯花落，秋清木叶闻。明朝得强健，长礼紫虚君。

《全元诗》第四十八册，杨镰主编，中华书局2013年版，第35页

病起书事呈兼善尚书二首

阖阖积雨浸城皋，四望平畴白浪高。
太息人材无董贾，可怜经济属萧曹。
山东璧马祠河伯，海上旌旗拥贼壕。
燮理自知廊庙贵，腐儒忧国谩心劳。
卧病茅檐雨色低，出门羸马恨深泥。
墙头腐草飞丹鸟，屋角枯桑长树鸡。
嫠妇无衣中夜泣，寒螿催梦五更啼。

连村黍麦漂流尽，客里令人思转迷。

《全元诗》第四十八册，杨镰主编，中华书局2013年版，第43页

病中送杨仲如广文归四明兼简郑以道先生

海上相逢已十年，都门执别更凄然。

一簪霜发秋风外，万里云帆落木边。

扬子著书应自信，马卿多病竟谁怜。

郑公乡里还经过，为道相思夜雨前。

《全元诗》第四十八册，杨镰主编，中华书局2013年版，第44页

胡　奎

胡奎（1309—1381），字虚白，号斗南老人。海宁（今属浙江）人。至正年间（1341—1367），游于贡师泰之门，与昆山顾瑛曾会于玉山草堂。入明后，以儒学征，任宁王府教授。著有《斗南老人集》六卷。

患眼偶述

幽居气郁蒸，病眼偶相仍。翳翳如迷雾，荧荧若乱星。
无愁眵满睫，不泣泪交膺。晨起羞看日，宵眠怕见灯。
金篦那可刮，银海若为澄。爽忆铜盘露，寒思玉井冰。
但令心似水，宁望酒如渑。欢伯从今断，仙方信莫凭。
披襟从放浪，散发任鬅鬙。白葛巾休裹，乌皮几暂凭。
坐须临水竹，行必倚山藤。即遣三尸去，非关五色瞢。
宗之元自白，阮籍本来青。才匪张司业，诗惭杜少陵。
挥毫聊自慰，持以谢良朋。

《全元诗》第四十八册，杨镰主编，中华书局2013年版，第86页

赠医士长律十首

上　池

吾闻上池世莫识，扁鹊传来信有神。
饮水不过三十日，隔垣能见一方人。
若非沆瀣流金液，定是昆仑漱玉津。

自笑烟霞多病渴，愿分一勺洗埃尘。

丹　灶

海上仙人有葛洪，骑云八极杳无踪。
十年舐鼎来鸡犬，九转丹成变虎龙。
玉髓岂无金液炼，绛泥犹有紫苔封。
只今谁得长生术，独有南州鹤发翁。

杏　林

匡庐西望太霞边，种杏仙翁不计年。
花坞日高闻虎啸，芝田云暖借龙眠。
活人何惜千金药，积谷全胜万顷田。
回首紫薇山下路，万株团雪照晴天。

菊　潭

南阳谷口菊花潭，百尺清泉一味甘。
老去最宜延上寿，晚来犹可漱余酣。
金英泛滥和云湿，玉液泓渟与海涵。
拟约柴桑陶处士，乌巾漉酒共清谈。

龙　藏

昔年闻有孙思邈，曾遇神龙授异方。
一夕珠宫开海藏，千金宝诀启天章。
波涛浩荡秋无际，云汉昭回夜有光。
往往到城骑一虎，山童时复佩青囊。

兔　臼

羿后何年奔入月，至今捣药兔长生。
一泓铅汞丹镕就，双杵云英玉琢成。
金粟树边秋有影，素娥台畔夜无声。
玄霜肯驻人间景，我亦乘桥出太清。

芝　田

闻说蓬莱海上洲，石田瑶草不知秋。
安期惯采千年药，徐市曾乘万里舟。
丹凤啄时青露下，玄龙耕处翠烟浮。
何当服食寻仙侣，直碾飙轮八极游。

橘　井

凿井仙翁本姓苏，后皇嘉树翠纷敷。
一泓碧甃涵云母，万颗金丸铸木奴。
德恰人心终有济，泉通海眼不曾枯。
我今亦抱文园病，脩绠何由转辘轳。

蛇　珠

隋侯当日见蜿蜒，径寸明珠射目前。
孚及豚鱼应有自，恩沾鳞爪岂虚传。
夜光何啻千金值，罔象徒探九仞渊。
闻道鲛人曾泣泪，岂容鱼目笑真圆。

雀　环

雀也当年知报德，至今闻者亦惊猜。
衔将白玉连环去，化作黄衣使者来。
不是抚摩全羽翼，安能翔舞出蒿莱。
金丸年少那知此，杨宝阴功位上台。

《全元诗》第四十八册，杨镰主编，中华书局2013年版，第208页

葛洪丹井

吾闻句漏仙翁之丹井，乃在紫微之阳东山之顶。
仙翁丹成去不归，但见一泓寒碧涵秋影。
当年仙翁炼丹砂，呼吸沆瀣餐朝霞。
陶镕日月精，炼冶紫河车。

玄液化白雪，真胎结黄芽。
一朝骑龙去，翱翔太清家。
遗此百尺井，千古令人嗟。
辘轳无声石苔紫，子规啼老长松花。
我来汲井凌绝顶，夜半飞出黄金鸦。
直疑此水接东海，上通银汉之灵槎。
灵槎迢迢贯明月，汉使西回持绛节。
矫如黄鹄摩晴空，何待金丹蜕凡骨。
酌以丹井水，载歌仙人篇，永言保之合自然。
勿因离别损颜色，此水可以期长年。

《全元诗》第四十八册，杨镰主编，中华书局2013年版，第219页

赠医士部士清

丹井西头山泽癯，平生爱读轩辕书。
石田有芝养白鹤，琐闼无佩悬金鱼。
前年别我朝天去，药笼参苓随所寓。
归来卜筑两山间，绕屋杏花春满树。
木兰之楫沙棠舟，市上孰知韩伯休。
一水相望五十里，峡云江树思悠悠。

《全元诗》第四十八册，杨镰主编，中华书局2013年版，第255页

赠峡川医士部员

紫薇山前鹤发翁，古心古貌古人同。
朝漱玉于葛洪之丹井，夕栖云于顾况之青峰。
大丹炼就金芙蓉，神方传自娑竭宫。
白石可裂，黄金可镕。有恒之心，天地无穷。

《全元诗》第四十八册，杨镰主编，中华书局2013年版，第269页

谢杜医士为叶百户赠

浣花老翁好孙子，家住盐官忠义里。
幼读神农黄帝书，青年卖药居城市。
今夏括苍叶守中，卧病兼旬不能起。
更医至再复至三，孰辨阴阳明表里。
城中杜子有家学，分得桑君上池水。
捷如壮士当敌场，百步穿杨夸一矢。
昔也父母及诸弟，仓皇惊怕走折趾。
今也怡然北堂下，笑舞莱衣具甘旨。
五月归从白玉京，琼玖安能酬木李。
触热敲门求我歌，好雨洗秋凉入髓。
勖哉杜子须努力，积土为山自今始。
而翁天外如有闻，化鹤归来心亦喜。

《全元诗》第四十八册，杨镰主编，中华书局2013年版，第278页

赠太医院使戴元礼

戴先生，好神仙。
朝侍玉皇之香案，暮游金华之洞天，采药不上蓬莱船。
餐青霞，炼丹砂。
骑云翱翔太清家，九重日月生光华，千秋万年乐无涯。

《全元诗》第四十八册，杨镰主编，中华书局2013年版，第287页

病　起

清晨病起怕临池，池水分明见鬓丝。
水不照心空照影，瘦容勿遣外人知。
今晨试裹小乌巾，束带围宽略称身。
东舍西邻走相慰，皆言林下一闲人。

《全元诗》第四十八册，杨镰主编，中华书局2013年版，第341页

胡　布

胡布（生卒年不详），字子申，号五岳樵人。盱江（今江西南城）人。至正年间（1341—1367）尝为闽帅参谋军事。入明后隐居不出。乾隆年间（1736—1795）编《四库全书》时辑胡布等人之遗作，其名为《崆峒樵音》，其中卷一至卷八是胡布所作。

徐坚医师诗

四叙异寒温，形体为大患。于情易感触，炽欲烦不散。
炎帝品百草，躬尝工制煅。轩歧事砭法，疗理推秦缓。
内外始分经，越人资果断。后来太素出，觇觌预昭焕。
世微思邈明，经络曷通贯。尝闻上池水，一饮炯神观。
不有起我人，疲癃殆过半。世家东海子，儒业励精悍。
眷此及物私，灵枢肆披玩。天人洞至理，指落五留难。
耻犹贤宋清，韩康避名诞。生生寰宇内，疡疣相揉烂。
久待苏民瘼，颠连日滋蔓。尚资调护手，和畅洽吹万。
拭目仁寿乡，熙熙保遐算。

《全元诗》第五十册，杨镰主编，中华书局2013年版，第394页

汪道原医师诗

眇身托宇宙，大海一尘微。何况四序殊，感触易乖违。
口体致情慾，中肠冰炭移。于时失所养，形体浸已羸。
炎圣子庶类，品草疗疮痍。轩岐事针砭，素女理穷辞。

深索炳仓景，晋谧见发挥。逆知随太素，迁置祝由机。
孰谓侔越人，世称庐扁师。王和诊有诀，完素病原疽。
思邈达经络，切肤佗厉奇。俱挟仁济术，蔚开来世规。
代资调护手，枯弱尚充而。汪民励古学，儒冠隐南陲。
利物蓄素心，拳拳思保厘。长桑授要妙，携手饮上池。
泛览列圣言，群贤决幽疑。洞然彻五内，远迩起刀圭。
令德日益崇，跻民寿亨期。所愿宏此道，元元浩仁施。
四民遂生植，天下无殿史。大哉仁者惠，不独中顾私。
寿祉有自来，相期洽雍熙。

《全元诗》第五十册，杨镰主编，中华书局2013年版，第396页

次韵孙作大雅卧疴

千岁如一日，达生谅非难。寸心交众欲，水火乘空闲。
昔者视耆耄，深渊睇高山。侵寻白髭发，在我明镜间。
自非金石姿，何能驻红颜。生化迭万世，理运有必然。
神仙道云在，经济事已阑。达人悟大观，疣赘不足叹。
生死道不昧，还元法无为。非必乘羽翰，希仙学佺期。
彭颜私寿天，归尽均所之。厚薄假器来，凝销理终齐。
阳和既赫烈，零露泫以凄。不藉凛冽功，万萌曷葳蕤。
时芳富颜色，摇落忽在兹。蒙叟委顺言，阮生语徒悲。
何伤及齿发，历世心更危。所赖刚大充，清明克扶衰。
明窗尘寂寂，比意死灰知。畴使外造化，而贻达人嗤。
劳劳假一息，既息澄百劳。泰定宇天和，晶荧匣中刀。
守雌伏利器，用炯适自熬。调元冲澹久，养直汇置牢。
轩后与虚合，乘龙道尊高。愚蒙缪情欲，于理反遁逃。
晋贤尚清虚，至道眇一毫。陶公契武略，惠远施文韬。

《全元诗》第五十册，杨镰主编，中华书局2013年版，第407页

山　翁

山翁，生卒年、里贯皆不详。《诗渊》与《永乐大典》中有“元山翁诗”，其诗作罕见流传。

赠世医张裕之

碧玉壶中苦退藏，春风芝木自吹香。
宋清独擅长安市，王复能开种德堂。
要试平生医国手，妙传三世活人方。
从今不作钧天梦，乞与飞霞佩颉颃。
积书充栋药如山，妙诀从来本不传。
若与岐黄亲对语，试拈草木即通仙。
诗颇易飒吾非病，亲鼎能甘子亦贤。
相见流尘莫相忆，明年归种玉芝田。

《全元诗》第五十一册，杨镰主编，中华书局2013年版，第3页

陈 镒

陈镒（生卒年不详），字伯铢。丽水（今属浙江）人。以诗名于一时，早年师从张翥，后任松阳教授，因其宅邸建于午溪之上，故题诗集为《午溪集》。诗风清脱，以应酬和答为主。

病 起

今日天无风，肺气稍平和。起行庭户外，好鸟鸣修柯。
园花忽烂漫，林笋出已多。物情各向荣，余亦散沉疴。
虽当兵戈际，幸此居山阿。有子识生理，解种桑与禾。
但知田园乐，禄仕夫如何。

《全元诗》第五十一册，杨镰主编，中华书局2013年版，第519页

病起述怀二首

居闲无世虑，块独守吾庐。病起方除药，行来暂阅书。
秋花慰岑寂，老发任萧疏。何事驰驱者，无心赋遂初。
溪边成小隐，竹里结茅庐。养鹤忧无料，盟鸥喜有书。
山深寒到早，门静客来疏。风俗饶淳朴，游心太古初。

《全元诗》第五十一册，杨镰主编，中华书局2013年版，第533页

病起夜坐二首

独坐寒窗夜，深炉火欲灰。无穷身外事，都逐雨声来。
自怜衰老貌，灯影雪千茎。药饵扶吾病，诗书寄此生。

《全元诗》第五十一册，杨镰主编，中华书局2013年版，第544页

病起有作

披衣晓起坐中庭，稍觉春深肺气平。
游宦三年头愈白，居山数月梦还清。
阶兰楚楚新芽茁，径竹猗猗绿笋生。
幸喜晚年无别事，有田二顷乐归耕。

《全元诗》第五十一册，杨镰主编，中华书局2013年版，第573页

赠医人冯英伯

一别冯君今十载，重来犹带旧行囊。
空窗灸艾消沉疾，新卷编蒲写秘方。
阅世已经三折臂，忧时还转九回肠。
养生道要如相授，分我刀圭换鬓霜。

《全元诗》第五十一册，杨镰主编，中华书局2013年版，第583页

宋禧

宋禧（1312—?），字无逸，号庸庵。余姚（今属浙江）人。至正十年（1350）中乡试，补授繁昌教谕。明洪武年间（1368—1398），召修《元史》，书成，辞官返乡。曾与戴良、丁鹤年等诗人往来唱和。当时有文集三十卷、诗集十卷行于世。乾隆年间（1736—1795）修《四库全书》，从《永乐大典》中辑出其诗文若干篇，编为《庸庵集》十四卷。

慈溪人求诗赠医者章敬德

三年艾可得，八载诗未成。此事太迂阔，吾怜东海生。
病肺一年苦，对酒甘独醒。谁能愈其疾，酬德非常情。
良医有章子，方寸冰雪清。珠玉文字重，羽毛金帛轻。
作诗以为报，艺苑寻簪缨。迁延岁月久，坐见兵甲宁。
今秋我为客，迢递闽中行。新冬始回棹，心气犹未平。
过门客难谢，茅屋鸡犬鸣。索诗如索租，衰朽讵能胜。
贾岛诗思拙，得句双泪零。百篇遇太白，但用斗酒倾。
如何迫我甚，两耳闻风声。老至疾易作，采药隔沧溟。
空言适为累，浮生安足凭。章子倘念我，妙诀全神形。
岁晚东海上，有约当合并。

《全元诗》第五十三册，杨镰主编，中华书局2013年版，第382页

平　显

平显（生卒年不详），字仲微，号松雨老人。钱塘（今浙江杭州）人。时以博学闻名。入明，知广西藤县，洪武（1368—1398）初以事谪云南，辟为教谕。有《松雨轩集》八卷。

谢张宗礼诗并引

余弟仲征居江东门，永乐乙未秋，致养有失，遂遘剧病。群医举难其治，独赖张宗礼先生调护以全。今年菊节来兄馆下，具陈宗礼之为医，宅心仁爱，不谋于利。当其患时，日视日药，久而弗倦，深德于中，未尝有毫末报，愿征一言为谢。余惟宗礼可谓有恒者，古之焚券，亦何让焉？喜而赋一诗，题于轴以赠。尚圆走见，以执手云。

天伦手足兄及弟，一气而分惟异体。
埙其所埙篪所篪，忧亦同忧喜同喜。
嗟予六弟皆不存，白头眼前余一人。
尚羁役守限相见，虽有灯烛何由亲。
去年闻病卧江浒，如非浣衣余独占。
不有良医三折肱，岂免刍灵一抔土。
张公虑精术固神，怜我老弟窭且贫。
阴邪客腹胀于鼓，一药瞑眩回天真。
寄心迥出红尘境，倚云高栽百株杏。
分得仙翁玉兔泉，凿为勾漏丹砂井。

丹成汗漫不可招，或随飞鹤响琼箫。
明朝与弟载酒去，幸而弥节江东桥。

《全元诗》第五十三册，杨镰主编，中华书局2013年版，第481页

谢王宗行先生

鄞江地甲东南壮，象鄮诸峰薄蛟浪。
块视三山几案间，瑶草琅玕茁其上。
青津碧荻大药资，其阳亦产双灵芝。
王家蓄此海岳秘，七世踵武良医师。
朅来京华构丹室，九籥逸经试鸿术。
丹成浴以玉兔泉，午夜光芒如白日。
冶城之气清扶舆，左俞右扁环而居。
蓬莱院长皆文儒，三班更直金门移。
青囊仙客弟子众，琅然昼读轩岐书。
宅心仁爱不计利，迎致请给交纷如。
怜余未病就衰朽，紫骝常系门前柳。
匪惟馈药制颓龄，犹得忘形接杯酒。
情忘道义安可忘，咏歌情发中心藏。
呼儿长跪送诗去，老病不觉回清狂。
离群暂告两月别，欲买扁舟之故乡。
明年重归候眉宇，杨花满店春风香。

《全元诗》第五十三册，杨镰主编，中华书局2013年版，第482页

武林春色卷为刘爱松题谢京城陈光明眼科者

虎林之西天目山，鸾骞凤翥平湖湾。
胥涛日夕相荡激，元气回薄乎其间。
神仙中人霜雪颜，双瞳点漆颀而娴。
长桑曾饮上池水，揽精搴华成大远。
呼猿洞口壁千仞，挂巾濯发清潺湲。

有时卖药入城市，囊以雪鹿骑黄斑。
豢酣声利俗眼白，欲接杖履何由攀？
太阴玄冰凿碧井，沆瀣一壶风露冷。
金篦净刮火霞文，银海光涵素蟾影。
我欲访之殊未能，侧闻已籍蓬莱城。
九关虎豹隔人世，白云万里秋冥冥。
爱松将军上天去，欲栽观里桃千树。
京华一笑偶相逢，石鼎龙头夜联句。
归来怅忆滇海滨，五轮八廓清无尘。
长须变鲤致远意，乞我题诗谢故人。
故人与余同饮浙，何日相从问丹诀？
玉壶胜买凤台春，共卧梅花半窗雪。

《全元诗》第五十三册，杨镰主编，中华书局2013年版，第489页

题勾龙希颜赠医者梅和卿诗轴

勾龙先生瘦于鹤，一足蹒跚如绊缚。
十年孤负碧鸡春，扶枕老怀频作恶。
梅公饮水由上池，刀圭能使步如飞。
感恩刻骨何以报，骊珠满壁生光辉。
人知市药亦焚券，不学世医从剪剪。
安得才同柳柳州，便续当年宋清传。
南昌老尉去不还，子孙挟术皆通仙。
勾龙与我旧同调，题名敢厕琼琚篇。

《全元诗》第五十三册，杨镰主编，中华书局2013年版，第382页

送哈钦二舍回京西域医者

昆仑老仙出西极，手掇瑶英光五色。
长鲠月窟紫霞浆，炼作阴阳补天石。
在昔有元天历间，声誉一日倾朝班。

望而知之蚀五脏，群医缩手徒如山。
朵儿只公急黄疸，良医累投那得汗。
中使传宣命老臣，院官导引搴帷幔。
灯前惊见颜色空，髓海已竭泥丸宫。
铜盘水落声冲冲，十车冰柳收奇功。
奇功活人不可计，阴德冥冥在人世。
龙文鸟篆世莫传，二子专门擅其艺。
仲也漂泊西南隅，只今膺被芝泥书。
缥壶满赈银沆瀣，琼酥刺出银蟾蜍。
长风浩歌一万里，医国先当医赤子。
愿令四海寿域中，天地同生亦同死。

《全元诗》第五十三册，杨镰主编，中华书局2013年版，第498页

张　庸

张庸（生卒年不详），字惟中，号全归。慈溪（今浙江宁波）人。早年好学，有诗名。至正年间（1341—1367），张庸与迺贤、丁鹤年、王彦贞、乌斯道等人会集唱和。曾被署为上虞书院山长，不就。入明后，洪武年间（1368—1398）起之为有司。一入金陵，称疾归田。有诗集《全归集》七卷。

乐贫斋为医士潘仲延赋

锦衣玉食者谁子，箪瓢陋巷者何人。
众人皆欲富，潘子惟乐贫。
乐贫之乐忘宠辱，但把岐黄书漫读。
竹叶杯中拨去愁，杏花丛里归来宿。
老去揶揄任山鬼，作赋逐贫徒为尔。
闲身犹恋宝峰云，尘缨欲干银河水。
忆尔去年淮甸秋，岂无奇术干公侯。
纵使声名摇五岳，直怜古今同一沤。
君不见八珍脍，毒肠胃。百瓮齑，益滋味。
能向山窗罄药资，与尔酣歌挹空翠。

《全元诗》第五十四册，杨镰主编，中华书局2013年版，第82页

赠医士陈子云为倪仲权谢

倪君平生有书癖，卖金买书宁论宜。

年来老病忽相侵，卖书卖药惜不得。
陈郎闻之心为忧，玉札丹砂那待求。
忘年之交恨莫赒，卖书之金矧肯收。
从此沉疴免愁苦，昨朝伛偻今能负。
老我问惊写此怀，谁言后世人非古。
却思伏枕向钟山，白日思家夜梦还。
故人已随云影散，行迹坐见苔痕斑。
因知陈郎异流俗，万里骅骝方在目。
还喜倪君不卖书，夜雨青灯课儿读。

《全元诗》第五十四册，杨镰主编，中华书局2013年版，第94页

赠鸣皋医者

学造岐黄独数君，好怀不与俗医群。
药疗奇疾宁论报，金遇知心亦见分。
香露晓从芝草觅，流莺春隔杏花闻。
延年欲问丹砂术，望断鸣皋日暮云。

《全元诗》第五十四册，杨镰主编，中华书局2013年版，第125页

赠医士陈子云

陈君年少儒而医，家学渊源还数谁。
每过贫人曾施药，或留好客只谈诗。
繁花易落芝三秀，众木争妍桂一枝。
顾我林泉空白发，烟霞痼疾少人知。

《全元诗》第五十四册，杨镰主编，中华书局2013年版，第125页

周　砥

周砥（1312—?），字履道，号东皋生，别号匊溜生。吴中（今江苏苏州）人，寓无锡（今江苏无锡）。少时有诗名，工于诗画。至正年间（1341—1367），与马治同馆，于宜兴荆溪之地，两人唱和往来，积诗一卷，即《荆南唱和诗集》。至正十五年（1355）后，从军会稽，死于兵。

煮　药

服药何从求圣药，养生不但学嵇生。
阴阳自昔穷神化，寒暑于今任变更。
候火山窗秋月上，拥衾禅榻白云平。
他年待我芝三秀，相约钧天奏九成。

《全元诗》第五十四册，杨镰主编，中华书局2013年版，第178页

食茯苓粥

荷镢穿云得茯苓，作糜从此谢膻腥。
齐厨自启添松火，香韵初浮满竹庭。
时忆紫芝歌旧曲，尚寻黄独制颓龄。
今晨暂辍青精饭，与洁方坛咏玉经。

《全元诗》第五十四册，杨镰主编，中华书局2013年版，第185页

赠俞远明医者

乘云行泥志所异，著书卖药情可同。
野老自惟扪虱客，征君当是夺牛翁。
橘林华落丹井畔，芝田鹤鸣云气中。
嗟乎济人不求报，我特闻此缘丁公。

《全元诗》第五十四册，杨镰主编，中华书局2013年版，第194页

邓　雅

邓雅（生卒年不详），字伯言，号玉笥。新淦（今江西新干）人。早年勤学，后隐居未仕。洪武年间（1368—1398），以郡县举荐，后由明太祖召见，以老疾辞归。晚年致力于作诗，所作结为《玉笥集》九卷。《四库全书总目》认为其诗“气味冲淡，颇有自然之致”。

病　中

平生厌拘束，所好在遨游。淹旬抱寒疾，闭户拥衾裯。
地炉烧榾柮，满室青烟浮。开轩畏风色，面壁心烦忧。
邻曲相慰问，謦欬弗能酬。良医不易致，药物忌所投。
至人善调摄，失养将和尤。从兹保元气，天地同周流。

《全元诗》第五十四册，杨镰主编，中华书局2013年版，第244页

送医士李文中归永丰

葛仙仙去几百年，尚留丹井阳山前。
丹气夜烛东南天，不知妙道何人传。
李君好仙仍好学，到处题诗兼卖药。
只今归隐白云深，服食金丹养黄鹤。

《全元诗》第五十四册，杨镰主编，中华书局2013年版，第250页

寄赠医士刘东樵

方书传几世，丹鼎有神功。身在壶天里，民跻寿域中。
杏林藏一虎，宝匣卧双龙。欲问长生药，螺山隔几峰。
《全元诗》第五十四册，杨镰主编，中华书局2013年版，第264页

别医士彭碧清

我爱彭居士，苍颜复古心。医名著江海，隐兴在山林。
放鹤云霄远，烧丹岁月深。相逢忍相别，把臂欲沾襟。
《全元诗》第五十四册，杨镰主编，中华书局2013年版，第273页

医士李兼善，欧乡人持其祖嵩可所编运气书一卷，乃元吴文正公澄为之序，引以示余，余嘉之，因题五言四韵于其后

纷纷事医术，李氏独专门。学究内经秘，心知万化原。
著书忘岁月，种杏满林园。抚卷怀先哲，题诗付后昆。
《全元诗》第五十四册，杨镰主编，中华书局2013年版，第273页

寄医士李性善

白首攻医业，青山养道心。药炉犹伏火，杏树已成林。
岁月仙家永，尘氛世虑深。欲过龙虎峡，相即坐松阴。
《全元诗》第五十四册，杨镰主编，中华书局2013年版，第274页

赠医师汤谦亨

汴梁未住葛溪滨，南渡衣冠子又孙。
见说医传十六世，不知功活几千人。
悬壶物外乾坤小，种杏云中雨露均。
莫向明时甘隐遁，宣和曾著旧功勋。
《全元诗》第五十四册，杨镰主编，中华书局2013年版，第296页

题吴仲亨种德堂

种德由先世，承家见后人。才名终不忝，医学更无伦。

崖石灵芝秀，庭阶玉树新。缘资培养力，始见发生仁。

焚券非求誉，悬壶足养真。衔珠蛇不异，守杏虎常驯。

浩荡乾坤大，涵濡雨露均。清朝荣禄养，堂上彩衣春。

《全元诗》第五十四册，杨镰主编，中华书局2013年版，第306页

胡天游

胡天游（生卒年不详），原名胡乘龙，字天游，号傲轩。岳州平江（今属湖南）人。生逢战乱，隐居不出。至正年间（1341—1367），与余牧山交好，二人曾泛舟清溪，唱和对答。晚年著《述志赋》，寄寓长饮之恨。后人将其遗稿辑为《傲轩吟稿》。

赠医士刘碧源

老去刘郎鬓未华，枕中鸿宝鼎中砂。
仙源十里蒸霞色，半是桃花半杏花。

《全元诗》第五十四册，杨镰主编，中华书局2013年版，第327页

患　疟

阴消阳长巧知时，夕去朝来似有期。
初若抱冰增颤栗，终如坐甑剧烝炊。
闺中郭索不我惜，句裹髑髅空自奇。
拟倩冯夷诉颛顼，为令驱出宁馨儿。
衰病伶仃一老夫，桃笙六尺傲朝晡。
天公有意存吾道，疟鬼无知害老躯。
肝胆轮囷犹顾我，形容枯槁似非吾。
有时怒见不平事，强起挑灯看湛卢。

《全元诗》第五十四册，杨镰主编，中华书局2013年版，第330页

沈梦麟

沈梦麟（生卒年不详），字原昭。归安（今浙江湖州）人。元末，以乙科授婺州学正。迁武康令，解官归隐。明初曾以贤良征召入朝，因病不复试。三次应聘入浙闽，主持乡试考试，明太祖称其为“老试官。后因病告老还乡，卒年近九十岁。因其子孙谪戍北边，文稿随之散佚，仅存《花溪集》三卷。少有诗名，诗风受赵孟𫖯影响，以七律为工，时人称“沈八句”。

义门家长郑仲德先生号采苓子卷

仆访仲舒太常于江浦之义门，承仲兄德翁先生日相与文酒之乐，暇日出示《采苓子卷诗》一编，“采苓”乃先生自号，太史景濂宋公既为之传，详其事，诸大夫士有著为诗文以歌咏之，宫商交作，金春玉应，使采苓子之名逃名而我随矣。虽然《诗》之采苓乃甘草也，甘草可和百药而不能延年，若先生之采苓乃茯苓也，《本草》谓松脂入地千年化为茯苓，服之可以长生。仆因相从之久，密扣先生采苓之说而尽得其秘藏。暮将归，辄效《橘颂》一章以谢之。

瞻彼青松郁林莽兮，轮囷尉岃托根固兮。
上生兔丝如秬黍兮，下生琥珀如绛炬兮。
爰有君子政仲父兮，笃尔孝义藐圭组兮。
采苓九蓝，节独苦兮。
有镈有镵刨厥土兮。调以玉杵碎钟乳兮，

载采其花黄雪雨兮，载割其脂金膏澍兮。
或蒸为粱饥可茹兮，或酿以酒酌可取兮。
匪资金石媾龙虎兮，岂惟延年可轻举兮？
我睇金华有仙侣兮，于焉服食牧群羚兮。
暇哉玉音不可睹兮，既见郑子罄中素兮。
我师其术百疾除兮，式通有灵如筏渡兮。
鹤鸣于天风乎舞兮，驾言上征子出祖兮。
载采其苓吾与汝兮，负之而去如一羽兮，
太虚冥冥，吾不知其所兮。

《全元诗》第五十五册，杨镰主编，中华书局2013年版，第17页

赠医隐山伯吴

习家池上风流在，千古山公今有孙。
长年卖药旧馆市，有时载酒乌程村。
秋风橘子垂丹井，春雨杏花开古园。
谁谓交游轻市道，老夫不与宋清论。

《全元诗》第五十五册，杨镰主编，中华书局2013年版，第48页

陈　高

陈高（1315—1367），字子上，号不系舟渔者。温州平阳（今属浙江）人。顺帝至正十四年（1354）进士，授庆元路录事，不足三年，自免去，再授慈溪县尹，亦不就。平阳城沦陷后，弃家往来于闽浙间。至正二十六年（1366），曾向当时名重一时的河南王扩廓帖木儿密保江南军情，受其重视，后因病去世。陈高中举子时曾在京师有诗名，受张翥、欧阳玄、贡师泰等人赏识，明初苏伯衡辑其遗作，编为《子上存稿》，今存诗文集《不系舟渔集》十五卷。

赠医者俞明远

俞君昔儒冠，读书四明下。简册夜钻窥，词章昼挥洒。
苦厌功效迟，迂缓世所舍。闭门习方伎，探赜非苟且。
贯穿岐黄篇，出入卢扁冶。业成无全牛，开户应求者。
投剂始下咽，愈疾犹解瓦。活人术有神，利物功岂寡。
声名在公卿，邀请致舆马。养生理自足，出游贵不假。
移家九龙山，泉石趣仍雅。寻山登嵚岑，采术瞰幽闻。
予药或焚券，种杏常满野。吾衰苦多病，坐久痿及胯。
肌肤日已枯，颜色何由赭。刀圭倘何分，相依作邻社。

《全元诗》第五十六册，杨镰主编，中华书局2013年版，第240页

种药轩为孙仲诲赋

层轩构虚敞，隐居山谷深。绕檐种名药，锄埋力所任。

枸杞生夏苗，芎䓖长春荫。绿烟护紫木，翠雨滋玄参。
幽香既可爱，灵根亦易寻。养性延寿命，攻病驱邪淫。
活人医国手，济物仁者心。佳草满园植，彼哉奚足钦。
《全元诗》第五十六册，杨镰主编，中华书局2013年版，第246页

病中遣怀五首

卧病玄冬半，羁栖碧海边。风尘方满野，戎马已经年。
下邑供军食，何时发漕船。薄才无寸补，自合赋归田。
亨衢通碧海，此日叹穷途。远愧陶潜达，那同宁武愚。
菊英寒不落，草色暮全枯。愁至思清酒，无钱何处沽。
贵人来海舶，日日报佳音。藩省东南大，朝廷倚望深。
金樽春蚁泛，宝剑夜龙吟。宠锡来天上，宁孤报国心。
生理居官废，空闻禄代耕。仆嫌裘褐敝，妻笑甑尘生。
欲去乾坤窄，无成岁月更。故人清要地，应解树动名。
久卧思登眺，扶衰谩倚楼。山红斜日映，江白晚烟浮。
行直书空雁，帆欹入浦州。病身惭食禄，长羡五湖游。
《全元诗》第五十六册，杨镰主编，中华书局2013年版，第275页

赠医士陈宗正

吾宗雅爱北山居，几上长摊素问书。
橘叶秋青浮石井，杏林春绿满庭除。
宋清焚券谁能似，扁鹊回生信不虚。
海内即今成痼疾，问君医国计何如。
《全元诗》第五十六册，杨镰主编，中华书局2013年版，第295页

开轩露坐病目顿愈怅然有作

积热罹目眚，爀爔畏朝阳。遇夜亦稍便，预恐灯烛张。
新雨出佳月，众叶沃以光。开轩喜木荫，坐受夕气凉。
轻翳觉潜消，仰见河汉明。乌鹊翻樛枝，栖息不得常。
《全元诗》第五十六册，杨镰主编，中华书局2013年版，第312页

陶 安

陶安（1315—1368），字主敬。当涂（今属安徽）人。少敏悟，博涉经史，尤长于《易》。至正四年（1344）举乡试，至正八年（1348），授明道书院山长，后避乱居家。至正十五年（1355），朱元璋渡江至当涂，陶安偕李习及乡里父老迎谒，即被召见。陶安向朱元璋献议，朱元璋从其言，留参幕府，授左司员外郎。入明，出任知制诏，兼修国史，官历江西行省参政。卒年五十七，赠姑孰郡公。著有《陶学士集》二十卷，另有《辞达类抄》《姚江类抄》。

服 药

服药功亦奇，藉以益五脏。阅世五十三，颇觉元气壮。
鬓发白数茎，黝者固无恙。先医神圣流，遗言岂我诳。
精神苟内守，血脉自和畅。厚本塞病源，邪沴不敢向。
吾儒传大方，又出医家上。集义体自充，寡欲心不放。
慎言节饮食，砭针戒流荡。达则民瘼苏，穷则身粹盎。
道德永昭垂，后天不凋丧。

《全元诗》第五十六册，杨镰主编，中华书局2013年版，第331页

苦 疥

奔走二十年，一身事鞅掌。洁素无疮痍，但觉肌肤长。
自从去岁来，昼夜苦疥痒。爬搔血濡爪，手足生劳攘。
纤虫穴皮内，蠹我咨所往。恐是心火炎，精神减清爽。

杯茶服苦参，效验不可强。何况民瘼多，元气待培养。
当使疾痛除，临风动遐想。

《全元诗》第五十六册，杨镰主编，中华书局2013年版，第334页

病　体

病体异强年，微凉即敛簟。丹心虽故吾，奈此老冉冉。
血气盛必衰，节行宁或歉。爱彼古松柏，不事柔荏染。
卒吏意未谙，笑视太清俭。举按疏酒肴，汲井煮菱芡。
持守固一定，所处随夷险。思昔军旅中，联篇飞文检。
将相相后先，旌旗互明闪。万马被精铠，猎车载骄猃。
执弓陪射耦，发矢注剡剡。近岁违康宁，伏枕谢丹脸。
臞劬渐可憎，眷顾难久忝。惜无智勇资，俊功奋光焰。
又无康济才，事业垂琬琰。恐与秋草零，行路得讥贬。
尚觊素志豁，一勺助潋滟。

《全元诗》第五十六册，杨镰主编，中华书局2013年版，第340页

菊泉并序

菊能辅体延龄，根茎花叶皆可服。或曰：南阳郦县有甘谷，菊生被崖，大菊落水得其滋液，泉为甘馨，谷人饮而上寿。辨者曰：诸花之根唯菊浅露，水源既远，香岂由菊？设使以花得香不过秋冬之交尔，夫水甘淡咸苦，各因其源，安知无菊味者？故郦泉之芳，匪因菊变。予尝折中其事以谓：地产宜菊，则精英之气流通土脉，与水相感。古法季月采以上寅，春曰玉英，夏曰容成，秋曰金精，冬曰长生，是精英之气，无问于四时。若大菊落水，与辨者之说，或未然也。番易黄德辅业医，号曰菊泉，访余求诗，余亦感其善疗，赋诗寓意以菊泉之德归之，不专美于物焉。诗曰：

中央气和连混茫，金精共炼秋花黄。
灵根绵络涧谷旁，真英聚入幽泉香。
山中百卉不敢芳，日华月魄涵银潢。
泠然入勺风露凉，乾坤甘滋流肺肠。

山人童颜寿且康，七十八十犹云殇。
番峰老叟医师良，何曾足迹游南阳。
情甘隐逸与世忘，澹然迹疏红紫场。
心渊澄莹波不扬，濯缨不必求沧浪。
旧家留得轩岐方，刀圭奇验清膏肓。
发开千古金匮藏，丹蟠龙鼎芙蓉光。
垂亡者存弱者强，惠泽及物何可量。
此菊生意盈药囊，此泉味比醍醐长。
所愿仁寿均八荒，隘彼郦潭居一乡。
飘飘霞帔云锦裳，携儿过我登溪堂。
是时东篱天雨霜，寒蕤照水金烨煌。
授我宝诀期荣昌，神舍内完绝外戕。
身轻傥可八翼翔，蓬莱弱水天风刚。

《全元诗》第五十六册，杨镰主编，中华书局2013年版，第344页

送沈竹泉并序

医称橘泉已疾，橘泉延龄，未闻以竹泉称也。论竹者曰：淇澳曰渭川，唐六逸有竹溪。夫竹托于泉水之上，滋养发荣，翳为业薄，荫乎流泉，而泉益清雅殊胜，幽人洁士栖息览适，助成高致。医家济物无恃乎此。按《瑞应图》曰：竹里有泉，色白自出，饮之令人上寿。尝闻鄱人言，山中产异竹，高十余丈，其径盈尺，载而为筩，往往得泉甚甘。山人亦多寿考。余谓竹虽植物，操坚节实，贯四时而不改，历百岁而能存，有寿者之质焉。中虚而能容，蕴函真气，冲和融液，注为灵泉，盈溢滲漉，嘉惠及人。尽天地自然之神剂，故沾其味者，跻于眉寿。此固休祥而世不常有者。医之致用，神圣工巧，驱五脏之疴，调六气之疵，务纳人与康宁，以全其寿而已。桐川沈景渊，儒者也，家以医传六世，聘至金陵，游于相府诸大帅之门，疗治奇验，言论造理，洞究病源，自号竹泉。然则沈君不徒美其名而具夫竹泉之实，其亦时之休祥而世不常有者欤。为赋竹泉之诗曰：

吾闻鸿蒙之野元气厚，产出异质为苍筤。
千竿活翠湿霄汉，百年老节凌风霜。
腹中空洞含太和，酿成清泉深蕴藏。
朝阳几度鸣凤凰，飞来梢头不得尝。
忽然灵源难自秘，流膏洁白生馨香。
吾意此竹上摩天乳之星芒，吸得甘露万斛凉。
下通体穴钟阴阳，时时挹注琼瑶浆。
帝令昭苏下土民，咽嗽一勺消百殃。
赤龙运水一时下，玉婴仰视朱吻张。
不待铅汞九转功，挽回夭阏成康强。
涤肠洗髓清膏肓，暑不烦渴寒不僵。
神全气爽欲轻举，三十六帝参翱翔。
沈君何为独有慕于此，号为竹泉名姓芳。
平生雅抱君子操，虚心直节成文章。
活人阴功在天下，如水润物源流长。
狄公笼中生意远，昆虫草木丹砂光。
东山相望桐汭旁，清溪碧绕琅玕房。
叩门急传使者至，聘书来自中书堂。
纻袍飘飘佳丽地，戴笠出入兵戎行。
相君英雄少许可，揖而进之坐客床。
扫清内疴与外戕，俱入丹丘不死乡。
辕门昼静尘不扬，相君留饮谈岐黄。
挥笔大写竹泉字，龙凤飞舞势矫昂。
持来宾幕作佳话，独我才拙惭诸郎。
先生不登名利场，丹颜漆发双瞳方。
赤日满路归计忙，慈亲应倚门闾望。
烦君更以竹泉施八荒，跻民寿域如虞唐。

《全元诗》第五十六册，杨镰主编，中华书局2013年版，第358页

吴　会

吴会（1316—1388），字伯庆，号鲁山，自称独足先生。金溪（今属江西）人。早年从学于危素、葛元喆等人。至正（1341—1367）初举乡试第一，因足疾未应进士举，隐于乡里以教授生徒为业。明初，屡荐不起，卒于家。著有诗集《独足雅言》二十卷，清乾隆年间（1736—1795）由后人辑其遗作编为《青山遗集》二十卷。

题危氏医士

医师之良，三世其老。危氏数叶，闻着何蚤。
家传自幼，民命是保。金匮抽书，玉函启宝。
妙探化枢，功翼天造。于是无违，岂非有道。
龙子作歌，其声灏灏。永言保之，来者斯考。

《全元诗》第五十七册，杨镰主编，中华书局2013年版，第211页

郭 钰

郭钰（1316—?），字彦章，号静思。吉水（今属江西）人。生于书香门第。生逢战乱，奔走他乡，以卖文为生。入明，以胜国遗民自居，洪武年间（1368—1398）诏举秀才，称病不与试。生平转侧兵戈，为诗多愁苦之辞，著有《静思集》十卷。

赠戴医

旧约寻真海上山，相逢长有好容颜。
一池伏火烧丹熟，两袖晴云采药还。
坐遣呻吟成语笑，久拼名利换清闲。
顶门欲试金针妙，白发青灯我最顽。

《全元诗》第五十七册，杨镰主编，中华书局2013年版，第458页

赠医士刘良孟

移家久住大江隈，种德堂深酒满杯。
秋雨一林芝草长，春风千树杏花开。
虎收新谷岩前卧，龙捧奇方海上来。
嗟我素髭无染法，若为携手访蓬莱。

《全元诗》第五十七册，杨镰主编，中华书局2013年版，第470页

题李次晦邹疡医诗卷

飒飒秋风落叶深，辘轳寒甃带哀音。
李侯疮癣君能疗，老我柴门独捧心。

《全元诗》第五十七册，杨镰主编，中华书局2013年版，第488页

同李立本赠医

丈夫为医真有道，人间百病煎百草。
百草于人尚有功，圣谟砭订谁当告。
闻君独得声名早，上池分水洗襟袍。
满煎凋瘵生意回，君来绝胜阳春到。
嗟余病癖老更多，疗之无方愁绝倒。
锦袍霄汉梦荒凉，白发丘园日枯槁。
平生颇嗜短长吟，弄笔至今无一好。
久欲寻医今遇君，安得从君共论讨。
参苓芝术俱等闲，顶门之针乃为宝。

《全元诗》第五十七册，杨镰主编，中华书局2013年版，第540页

戴　良

戴良（1317—1383），字叔能，号九灵山人，又号云林。浦江建溪（今属浙江）人。至正二十一年（1361），以荐受淮南行省儒学提举，后避地吴中，依张士诚。又复泛海至登莱，拟归河南王扩廓帖木儿。元亡，隐居四明山。洪武十五年（1382）明太祖召至京师，拟授以官职，托病不就，致因忤逆太祖意入狱。次年（1383），卒于狱中。曾学医于朱丹溪，博通经史，时有诗名，诗文多为悲凉感慨、颂扬与怀念故元之作。著有《九灵山房集》三十卷，《春秋经传考》三十二卷等。

病起承诸公携饷见过

弱龄已孤茕，中岁转多难。正兹怀苦心，矧复婴病患。
绵绵诸祟作，扰扰五情乱。入夜愿曦升，及晨思景晏。
已谓吾此身，奄忽成梦幻。亦既告宗祧，并用别亲串。
逝将委运往，知命尚奚憾。造化难预谋，祸福昧前算。
憔悴几何间，荐觉复神观。幸生差足喜，慰劳倾里闬。
携肴兼命酒，罗列稍盈案。纵饮非吾事，且从性所玩。
未知从此去，几回同笑粲。民生鲜常在，百年况已半。
客养衰病躯，宁复几昏旦。金石尚销毁，人物终变换。
不共芳颜乐，徒贻皓首叹。念此动余怀，终觞染斯翰。

《全元诗》第五十八册，杨镰主编，中华书局2013年版，第37页

病中承宋编修见过

负疴南轩下，展转两涉旬。药石不时验，众苦交我身。
常恐大化尽，无由见故人。夫君一何厚，抱杖来江渍。
慰我仍戒我，眷恋已良勤。继以习静言，益复知为亲。
我病既稍除，君遂轻别分。云山百里外，有语难为陈。
会合本不常，亦知当索群。但我病中怀，愿得稍相因。
既已莫能遂，且复安吾神。

《全元诗》第五十八册，杨镰主编，中华书局2013年版，第37页

次韵蔡经历病中述怀

平旦起趋府，日晏未遑食。群言方究万，纷务谅非一。
进岂无云补，退犹持夕惕。仰窥令圆广，俯察道言密。
得丧事既知，治乱情亦识。遭时匪过任，抚己恒自失。
玩辞戒负乘，观器忌倾侧。孜孜竭劳勚，役役忘晏息。
在疚尚怀忧，从告讵思佚。琴言涩未知，史案浩已积。
迓骑应久徯，来客复如织。晨出愧蓬心，晚沐感霜色。
乃薄干禄情，欲驰荷担力。执戟固已疲，草谏亦多疾。
万事莫并欢，重负宁遽释。不见戾天羽，林木已难择。

《全元诗》第五十八册，杨镰主编，中华书局2013年版，第59页

黄 枢

黄枢（1318—1377），字子运。休宁（今属安徽）人。生于书香世家，早年从学于赵汸等人，至正年间（1341—1367）江浙行省欲授以学官，不就。后隐居乡里，讲学著述。入明，荐授校官，以疾固辞。有《后圃黄先生存集》四卷。

赠医者吴道中

吴公有阴德，卖药似韩康。虎守林中杏，龙传海上方。
日长书满屋，岁歉谷盈仓。家学尤精妙，郎君玉树长。

《全元诗》第五十八册，杨镰主编，中华书局2013年版，第231页

题医者程敏斋之孙修德斋

程生务修德，卖药沦市廛。斋居亦严丽，自乐壶中天。
忧人德不修，有若沈疴缠。不惜上池水，剖割为洗湔。
举身跻寿域，额手称神仙。行道固有得，杏林红欲然。

《全元诗》第五十八册，杨镰主编，中华书局2013年版，第218页

赠医者胡仲猷

起死奇功已世传，书签药裹度年年。
竹林鹤化青冥远，凤穴鸡飞采侍妍。
谈尘清风如旧识，灯花照夜欲无眠。
酒阑更听歌梅月，四座烦襟一洒然。

《全元诗》第五十八册，杨镰主编，中华书局2013年版，第238页

偰 逊

偰逊（1318—1360），本名偰伯辽，字公远。高昌畏兀人，居集庆路溧阳（今江苏溧阳）。元顺帝至正五年（1345）进士，任翰林应奉，宣政院断事官，选为端本堂正字，授皇太子经。至正十八年（1358）以尚宾出使高丽，留居于此，被高丽王封为高昌郡公。有诗文集《近思斋逸稾》二卷。

病中家奴回寄诸弟

一病虐予三十日，刚余皮骨命堪怜。
起探行橐忧如醉，却捧家书喜欲颠。
目断白云飞舍下，梦回夜雨忆灯前。
老奴归日缄书罢，更写羁愁泪满笺。

《全元诗》第五十九册，杨镰主编，中华书局2013年版，第6页

病歌行

平生误有诗书癖，一念四序多寝疾。
迩来逾月不出门，逆数当如自除夕。
始因风热作牙疼，投以清凉遂脾湿。
气结腹鸣隔有痰，肉黄骨见支无力。
神昏但觉语艰难，食小非关事烦剧。
药物虽加一效无，几案谩展诸方集。
所惭不孝致亲忧，只合深思求己失。

或者兴居罔有常，不然喜怒多相激。
亦知适意总为害，戒慎何尝不兢惕。
追昔婴孩十月余，失乳呱呱终夜泣。
代以肥甘伤太早。稍长惟知嗜瓜粟。
血脉初从襁褓乖，髫童已兴忧思逼。
真元虚弱此其由，如木方春蠹为蚀。
柯叶徒荣本易摇，炎凉欲变灾先殖。
大庾岭南烟瘴海，冒毒亲侍青骢迹。
归挂云帆蹈大江，惊遑况触风涛急。
前岁金陵卧竹床，疟利三秋貌如漆。
去年肺气常州馆，寒热奚翅过百日。
剥穷必复理所定，只谓今春颇安辑。
云胡于此又疆绵，何以解忧惟简帙。
长者还嗔损精思，止渴仍怒加抛掷。
我自乐此不为疲，清朝开囊寻缄笔。
偶书聊且慰区区，乳语宁知成历历。
溧阳江边花蕊红，溧阳江上春光碧。

《全元诗》第五十九册，杨镰主编，中华书局2013年版，第7页

卧病寄能伯元上舍能言奈

苦乏三冬事，方为百里游。枕书听夜雨，卧病近中秋。
药许儿童近，心惟父母忧。如何能公子，相过更无由。

《全元诗》第五十九册，杨镰主编，中华书局2013年版，第17页

赵 汸

赵汸(1319—1369)，字子常，号东山。休宁（今属安徽）人。曾受虞集赏识，留居家中。至正十六年（1356），本县建商山书院，与朱升同受聘为山长，后隐归著述。元末，授江南行枢密院都事。明洪武二年（1369），应诏至南京纂修《元史》，书成，奏请还乡，是年冬病逝，终年五十岁。毕生致力于学术研究，潜心整理古籍，尤以《春秋》最为精邃。有别集《东山存稿》七卷，另著《春秋集传》十五卷，《周易文诠》四卷，《春秋师说》三卷，《春秋左氏传补注》十卷等。

病 士

病鹰不忘击，病骥不忘骧。病鹤俯不啄，仰睇霄汉长。
惟有病士心，死灰不复飏。居处终鲜欢，起行若痛亡。
逢人目辄动，内惕外周章。口虽强诺唯，退省但茫茫。
已疾且忘疗，焉知民未康。多谢游谈者，勉旃思自强。
是弃果蓏哉，为称充圆方。

《全元诗》第五十九册，杨镰主编，中华书局2013年版，第411页

病中谢伴友

畏客山僧忽若惊，松门下马雨初晴。
谩求衰病端何用，谁使迂疏浪得名。
慷慨请行知雅意，从容排难见真情。

风波况是同舟日，伐木宁教愧此生。

《全元诗》第五十九册，杨镰主编，中华书局2013年版，第432页

节日卧病和元忠

一百五日谁与期，凄风苦雨不愆时。
桃花乱飞流水急，鹈鴂忽鸣芳草萋。
春尽可堪寒作恶，愁来偏与病相宜。
已将梦幻观人世，莫向亲交怨别离。
一百六日谁与游，残花满地意如秋。
病意愔愔慵把卷，春寒漠漠怯登楼。
鹃声似挟生前恨，蝶舞曾忘梦里愁。
怪得羽人超世外，海中原有凤麟洲。

《全元诗》第五十九册，杨镰主编，中华书局2013年版，第433页

刘永之

刘永之（生卒年不详），字仲修，号山阴道士。清江（今属江西）人。早年从父官游，治《春秋》学，善文词。至正年间（1341—1367），与同郡士讲论风雅。洪武（1368—1398）初，征至金陵，诗词颇受宋濂赏识。后因家变迁至东莱，至桃源病卒。其诗以清丽古雅名于当时，诗文结为《刘仲修先生诗文集》八卷。

杨弘中药室

秉志慕冲澹，息迹在立园。闲庭遍芳草，高窗见远山。
采苓陟松径，煮术散榆烟。董子乘往躅，嵇子有遗编。
神宇谢氛浊，天倪谅斯全。唯当振尘服，与子共清言。

《全元诗》第六十册，杨镰主编，中华书局2013年版，第3页

为贞上人赋赠医士黄生

尝卉肇往古，谁能究其初。之人能深诣，闭户十年余。
上窥黄农秘，下观仓扁书。采兰青涧滨，炼丹萧水隅。
释子道林秀，抱瘵卧幽庐。圭刀启沉痼，为报当何如。
微词及庸陋，裁简愧琼琚。惟当种文杏，与子共闲居。

《全元诗》第六十册，杨镰主编，中华书局2013年版，第16页

释来复

释来复（1319—1391），字见心，号蒲庵、竺昙叟。丰城（今属江西）人。俗姓王，早有诗名，北游大都时与虞集、欧阳玄等人皆有往来唱和。元末，至鄞县，居于慈溪定水寺。洪武年间（1368—1398），受明太祖及诸藩王尊信，并赐金襕袈裟，封为僧官，荣宠一时。后因牵涉“胡惟庸党案”，被朱元璋下旨凌迟处死，卒年七十三岁。

长于诗文，时人称其作品“清朗横逸，绝无流俗尘土之思”。撰《蒲庵集》十卷，另编撰《澹游集》，多为与友人唱酬赠答之作。

味澹斋为沈炼师题

肥脓每厌俗人夸，冰蘖谋生乐有涯。
夕咽灵泉调六气，晓倾玄酒酿三花。
山中地暖芝如菌，海上霜清枣似瓜。
隽永也知惟道好，炼神何用养丹砂。

《全元诗》第六十册，杨镰主编，中华书局2013年版，第121页

药庵为四川杨隐君题

一庵近与葛洪邻，多病应同药里亲。
煮石烟寒金涧晓，烧丹火暖翠房春。
枇杷雨绿开花早，枸杞霜红结子新。
架上闲来看本草，秘方留与著书人。

《全元诗》第六十册，杨镰主编，中华书局2013年版，第123页

朴庵为刘太医赋

簪绂何求世上名，剩栽樗栎绕前荣。
千金有剂难医俗，百巧无谋可治生。
野饭秋香餐芋粟，山炉夜火煮参苓。
补茆应是安贫好，谁羡雕甍照锦城。

《全元诗》第六十册，杨镰主编，中华书局2013年版，第123页

送儒医陈仲靖还天台

白发侯门懒曳裾，贾山东向赤城居。
折腰五斗辞微禄，系肘千金得异书。
玉洞桃花和露种，石田芝草带云锄。
也知医国终为用，四海疮痍待扫除。

《全元诗》第六十册，杨镰主编，中华书局2013年版，第134页

太生堂为钱孟襄题

参术传家尚古风，太生有德与天通。
降升妙斡阴阳气，涵育深全造化功。
丸药香分花底露，烧丹光吐树间虹。
何当医国扶明主，尽起疲癃块圠中。

《全元诗》第六十册，杨镰主编，中华书局2013年版，第158页

甲寅岁病中述怀

嗒然枯坐竹方床，懒慢无心百虑忘。
雨后摘蔬莴苣绿，风前晒药茯苓香。
飞蛾夕掩铜盘烛，饿鼠朝窥瓦缶粮。
幻世有生皆旅泊，归休何地是吾乡。

《全元诗》第六十册，杨镰主编，中华书局2013年版，第215页

乌斯道

乌斯道（1314—1390），字继善，号春草。慈溪（今属浙江）人。至正年间（1341—1367），颇有诗名。元末，生逢战乱，避居乡里。入明后，洪武四年（1371），以荐授化州石龙知县，调永新。坐事谪定远。两年后被放还乡里，卒。有《春草斋集》十卷，今存。另著《秋吟稿》，已不见传本。

病中兴感因成七诗寄蒲庵老禅

青天湛秋水，明月扬素波。浮云自何来，漫漫掩星河。
中宵月离毕，晨朝俾滂沱。蝶蝀乃止之，时雨良不多。
天道本无意，咄咄其如何。人生恶好胜，水斗良足嗤。
有口贵守默，石言岂其宜。桑田可衣食，忍使鱼龙归。
青山可结构，乃向空中飞。地道本宁静，咄咄何如兹。
猗兰畏阳盛，甘鞠惧虫食。昌阳恶溪涸，揭车伤土瘠。
上有寄生草，蒙茸托松柏。下有无名花，纷披弄佳色。
寻芳邈无人，空有馨香德。蝍蛆素甘带，鸱鹗喜食鼠。
蛇长即吞象，猬小能制虎。鹰鹯与驾鹅，生同被毛羽。
胡不念同类，搏击苦相侮。鸳鸯好文采，畴能爱怜汝。
病中无所为，据梧观品汇。品汇自错迕，吾何发长喟。
彼美蒲庵叟，守道已淳备。静坐一室中，县解六合内。
朗谭逍遥篇，詟服许询辈。公读西竺书，我读东鲁文。
我坐支叶烦，复有彼此分。何当罄忘之，缁素如一人。

譬生文字先，同为葛天民。无言亦无辩，熙熙乐芳春。
相别无一语，相见无一言。如何忘形者，远情复相牵。
我持江上风，遗公吹法筵。公以竹间月，照我调素弦。
风比锦绣段，月比青琅玕。

《全元诗》第六十册，杨镰主编，中华书局2013年版，第224页

晚年病目诗七首

予心好读书，四库未常阅。予心好修辞，操觚未尝辍。
夫何阻前期，浮云蔽明月。翻思樵牧徒，默默心自悦。
我常忆雷琴，一去难再得。目暗不能弹，今亦不复惜。
以兹悟外物，昔以有见惑。何如饮美酒，庶以慰朝夕。
予学二王书，常在少壮日。终年应人求，运腕不停笔。
兹以目病辞，方始得就逸。书以大道言，何足尽称述。
古人能战争，空存身后名。何况事棋局，徒然起心兵。
余生颇好弈，每被君子轻。目暗不能尔，心中始和平。
浊境人所恶，清境人所欢。欢恶感于境，正谓双目昏。
病目与境接，不以清浊分。譬居浑沌内，何者为乾坤。
庭外有青草，正是自家意。今因双目病，复悟草之外。
意原不在草，草亦不在视。万事奚可言，风月皓无际。
左氏云丧明，昭明亦复尔。二人至修娉，佳名播千祀。
丧明予似之，功业胡能比。蚀月还耿光，著述犹可拟。

《全元诗》第六十册，杨镰主编，中华书局2013年版，第238页

病中怀刘庸道

乾坤憎病客，风雨暗孤城。野水无人渡，林鸟落地鸣。
卷帘看竹色，欹枕听江声。自遣聊终日，怀人底性情。

《全元诗》第六十册，杨镰主编，中华书局2013年版，第262页

卧病江楼为黠大参被谪而作

力疾江楼看雨晴，风吹衣袂暮寒轻。
云山还笑如霜发，鸥鹭深怜旧日盟。
半榻生涯违著述，百年勤业负升平。
青天一慨终何事，朝菌空于土上荣。

《全元诗》第六十册，杨镰主编，中华书局2013年版，第281页

刘 崧

刘崧（1321—1381），字子高，号槎翁。泰和珠林（今江西泰和）人。至正十六年（1356）中举。明洪武三年（1370）举经明行修，授兵部职方郎中，迁北平按察司副使。官历礼部侍郎，擢吏部尚书，不久致仕，归乡里。洪武十四年（1381），再征为国子司业，仅旬日而卒，谥恭介。史载七岁能诗。曾与杨士弘、万石等人唱和于元明之际，豫章人称其诗为“江西派”。著有诗文集《槎翁文集》十八卷，《槎翁诗选》十二卷，另著《职方集》《北平八府志》等。

九日卧病戏柬王伯衢

重阳独卧高斋雨，此日兼怀故里秋。
满眼菊花愁共把，多情药物慰相求。
江湖又报兵戈合，田野何由瘴疠收。
闻说西楼宾客盛，昨朝携酒上牛头。

《全元诗》第六十一册，杨镰主编，中华书局2013年版，第164页

病起述怀

弹冠振席飏轻尘，晓日山头发兴新。
药裹于人真不负，酒杯从此便须亲。
山田露冷花如雪，石洞云香草自春。
十日不行林下路，偶看黄菊过比邻。

《全元诗》第六十一册，杨镰主编，中华书局2013年版，第164页

题赠朴阁医士

朴阁道人神宇清，手携绿玉上南京。
市中壶公自不老，海上安期知有名。
当栏种药花露湿，篝火劚苓松雨晴。
鄱阳山水亦故里，何日放船歌濯缨。

《全元诗》第六十一册，杨镰主编，中华书局2013年版，第187页

题医士刘允文松老诗

富川老人年六十，采药云中曾见之。
竹房早著桐君传，杏苑新传松老诗。
锦水寒花照心胆，湘山秀色映须眉。
茯苓会化赤琥珀，更后千年当远期。

《全元诗》第六十一册，杨镰主编，中华书局2013年版，第197页

赠医士孙允道

架上方书手写成，柴门长掩背西城。
一帘香雾微风起，又听云窗捣药声。

《全元诗》第六十一册，杨镰主编，中华书局2013年版，第238页

病疟述怀六百字

我行兵乱途，远以喑所旧。遭罹窃自伤，漂落惧莫偶。
今夏入阆川，七月出南富。秋中上流江，深入穷水口。
是中何岧峣，山密林亦茂。阴风常夜寒，毒雾或昼瞀。
砭人甚刀镞，袭体惊激透。当途草木交，压眼崖石凑。
怪禽啼呕哳，蛇复结缪纠。其风杂顽戾，土物恣所取。
力作忘春冬，忻忻自鸡狗。惟我贤所主，好客情则厚。
授衣候寒温，设席墐蓬蔀。岂知体素弱，易与气为构。
起居陟秋冬，焉得免疏漏。昨来遘寒疾，猝至纷莫救。

始由欠伸得，更历惊颤久。夤缘膂脊升，洒淅肌理奏。
汹汹波涛翻，岌岌山岳矮。初萌沍严凝，挟纩欲蒙首。
中更翕炎赫，撤被更露肘。噤寒颤齿龈，炽燎薰耳窦。
厌烦将怀冰，恨薄思曝昼。拳联久僵伏，呼叫忽狂走。
亭亭发上指，屹屹骨交斗。口咽失常嗜，情性昧初守。
饱疑伤粟粒，渴欲咽河溜。缩如蚕赴茧，噞若鱼聚笱。
困如虎丧乙，戚若鸟缄咮。气蒸床屡撼，汗漉衣每透。
暂苏惊脱鞲，久絷疑被扭。时来如有期，忽去若恐后。
窘迫犹仇雠，缠绵共婚媾。朋来勉加饭，客至止陈酒。
医师剧攻劓，巫祝妄称咒。或教潜隙地，或诱祭三牡。
腊蛇谩时佩，画狮空日觏。逢人畏询问，进食忘腥臭。
何由究情状，且复述粗苟。人生天地间，六气等蟊寇。
堤防一失所，颠倒竟谁咎。譬之朝廷治，纲纪在明懋。
昏邪倘蒙锢，赏罚遂纠缪。周衰始幽厉，商覆由受纣。
夭淫既内讧，狂恶复外揉。药言苦乖违，国脉焉得寿。
余生三遘厉，此日伤衰丑。炎荒苦奔窜，木石并黧瘦。
矧兹中年际，盛气难猝复。客居苟苏息，故里孰侦候。
老妻感霜雪，单薄恒在疚。幼子额如玉，差差发初覆。
饥寒本吾事，缓急欲谁扣。指期伤远涉，抚事怨寒陋。
岂知道途者，方此困驰骤。看云愦重掩，望月愁初彀。
萧萧风鸣叶，揭揭天挂斗。羸躯既艰植，愁绪焉得剖。
荒村悄寒日，断岸空残柳。戎马又塞途，归期向何首。

《全元诗》第六十一册，杨镰主编，中华书局2013年版，第317页

赠医师任光显

我非金石资，敢与寒暑俱。岂不慎所爱，苦以贫见驱。
昼行冒炎赫，暮宿蒙沾濡。短褐不自温，藜藿兼秕稃。
外邪或乘间，内扃焉得虞。乃者春夏交，伏暍卧衡庐。
俯仰一日间，气候乃顿殊。厝火愦惔烈，抱冰增郁纡。

对案不能餐，呕哕闻喑呜。亲友来问疾，药物审所须。
交辞赞其贤，里有任大夫。祖孙已再世，诊候明机枢。
入门即闻望，审疗穷锱铢。药液制炼精，再啜气已苏。
诘朝谢枕席，体胖心孔愉。怡忧古所戒，惩创以嗟吁。
永怀药有神，如以水沃枯。至人岂衒报，感德在我徒。
毒疠济不仁，疮痏困夷诛。安得四海间，皆君起羸痡。

《全元诗》第六十一册，杨镰主编，中华书局2013年版，第333页

病起理发

卧病七十日，我发如毡茵。沉绵旷时理，卷郁乃不伸。
徒蒙垢腻积，虮虱来相亲。嚼咂无遗肤，搔之反纷缤。
兹辰风日佳，隐几支羸身。梳栉试剪摘，洒洒开风尘。
蓬然满其梳，易若振槁榛。恒恐自兹始，种种空轮菌。
傍有笑且言，子何昧所因。四序一气尔，荣悴若环循。
凋零岂不秋，萌蘖方复春。不见柏与松，相承为旧新。
矧子属壮强，盛气方向晨。六淫戒侵慝，所养贵得均。
肤革苟充盈，宁伤发生仁。兹言颇有契，我志岂遂沦。
被衣衡门下，反视怡心神。微风从南来，且复正葛巾。
晞之跂阳阿，庶以怡天真。

《全元诗》第六十一册，杨镰主编，中华书局2013年版，第340页

谭骧病目累日，王以文进药愈之，因诗柬，谭仍以美王云

城西谭骧诗最工，骨格瘦紧精神充。
迎风眵泪时簌簌，隔花烟雾方蒙蒙。
科头颦蹙谢过客，十日枯坐幽房中。
王君闻之惜英俊，走马来问为忧忡。
探囊试药启羞涩，惧彼白翳侵其瞳。

冷然沃以寒冰雪，眉睫洒洒生清风。
朝行犹眩阶下蚁，暮出已辨天边鸿。
只今豪吟饮大酒，青白顾盼何英雄。
吁嗟王君习静者，精艺乃尔能神通。
卜商张籍苦不遇，枉使千载称盲翁。
速令沽酒市肥羚，往谢昔者开明功。
谭禳谭禳慎尔明与聪，王君之德无终穷。

《全元诗》第六十一册，杨镰主编，中华书局2013年版，第376页

赠医钟本存因勉其归故里

先生旧宅丹砂里，卖药燕城未得归。
制就术芝长满握，种来榆柳各成围。
烟霞久伏丹炉火，尘土还怜白苎衣。
早晚风帆向南发，千崖春雨茯苓肥。

《全元诗》第六十一册，杨镰主编，中华书局2013年版，第470页

孙作

孙作（1321—?），字大雅，一字次知，号东家子，学者称清尚先生。江阴（今属江苏）人。元末客居松江。洪武六年（1373）受聘修《大明日历》。历官翰林编修、太平府教授、国子助教、司业等。著有《东家子》、《沧螺集》（六卷）。

足疮

足非病跛苦疮痍，兀立携藤拜跪迟。
倒屣掇皮真自见，登堂着袜怒何为。
空轩独卧怀劳曲，幽径微行畏蒺藜。
俗客相过尽推去，一杯五积睡还宜。

《全元诗》第六十二册，杨镰主编，中华书局2013年版，第18页

读丹经

服食安可信，丹书皆妄语。欲脱爪发枯，而假金石固。
金石本自坚，爪发那免腐。有身即有患，此理不难悟。
长生就有术，古来何贤住。神仙五百年，石髓流青乳。
服之等天地，千岁不足数。此语信可征，王烈今在否。
旌阳本静者，好道孰为伍。一朝上青云，千载遗白鼠。
当其拔宅时，鸡犬亦得去。胡为事盖棺，牛羊践丘莽。
下士喜闻道，缩口厌清苦。空言愧杂乱，巧辩争寸缕。

所计身后得，未见一分补。始吾甚爱之，穷诘言更沮。

仙诚在世间，不见良不喻。

《全元诗》第六十二册，杨镰主编，中华书局2013年版，第18页

马　治

马治（1322—1384），字希常。宜兴（今属江苏）人。至正年间（1341—1367），为避战乱，于宜兴荆溪之南与周砥同馆，二人积诗一卷，即《荆南唱和诗集》。入明，授内丘知县，迁建昌同知。

煮　药

煮药西窗风雨声，中年此意学持生。
坐翻碧海涛千顷，吟到青林月二更。
敢谓文章神变化，苦多哀乐祟和平。
茫茫五岳寻真去，借问何时羽翼成。

《全元诗》第六十二册，杨镰主编，中华书局2013年版，第74页

食茯苓粥

颇闻学士防风粥，曾吃诗人锦带羹。
岂谓茯苓宜岁晚，已收粳稻得霜晴。
腥膻习漫从教洗，禽鸟形残不忌烹。
饱食未须论月给，石杉偕坐听松声。

《全元诗》第六十二册，杨镰主编，中华书局2013年版，第81页

许　恕

许恕（1322—1373），字如心，号北郭生。江阴（今属江苏）人。博学善文，精于医术。至正（1341—1367）中，荐授澄江书院山长，旋弃去。会天下已乱，乃遁迹卖药于海上，以行医为生，与山僧野客为侣。明洪武六年（1373）卒。作诗尤工于古体，多为感时伤乱之作。著有《北郭诗集》六卷。

题子方修三皇庙

子方先生医者流，楚楚玉树森清秋。
苏耽种橘井不竭，董氏卖杏谷初收。
即今起家初掌教，兵后欹倾先圣庙。
柱石重回日月光，轮奂一新在谈笑。
我家业医百日余，萍蓬飘荡无根株。
爱尔灵椿映芝草，生意蔼蔼白云居。
故国风尘尚戎马，岂不怀归泪盈把。
愿期药力拯民生，医国声名盖夷夏。

《全元诗》第六十二册，杨镰主编，中华书局2013年版，第110页

送医士吕兰坡还乡

归来吾土送归人，共喜天空战伐尘。
去路顺风帆腹饱，到家残雪柳条新。
山川牢落衣冠古，耆旧凋零俗化淳。
重见故国人种杏，丹房生意四时春。

《全元诗》第六十二册，杨镰主编，中华书局2013年版，第134页

凌云翰

凌云翰（1323—1388），字彦翀，号柘轩。钱塘（今浙江杭州）人。至正十九年（1359）举江浙行省乡试，未赴都，除绍兴路兰亭书院山长，不赴。明洪武十四年（1381）以荐授成都府学教授。坐贡举乏人，谪南荒以卒。著有《柘轩集》四卷。

赠医士沈士贞

庖丁能治牛，师旷能治音。畴知扁鹊术，异迹同其心。
五行播四序，偏胜恒为淫。奈何蕞尔躯，御此寒暑侵。
岐黄世云远，奥义难重寻。长沙继扁鹊，论议横古今。
不有刘张徒，奚辨石与琳。钱唐医之薮，名士朋盍簪。
惟兹隐侯裔，声价兼南金。厚施远食报，券积高于岑。
朅来金闺彦，有疾虞将深。神丹进刀圭，捷若磁引针。
功成不受馈，拂衣归茂林。我夙慕其人，与语开尘襟。
安得双鲤鱼，为之溉釜鬵。尽询养生秘，启我聋且喑。
会面谅可期，因风寄长吟。

《全元诗》第六十二册，杨镰主编，中华书局2013年版，第407页

林　弼

林弼（1325—1381），原名林唐臣，字元凯，号梅雪道人。龙溪（今属福建）人。善书法，通《毛诗》，时有诗名。至正八年（1348）进士，任漳州路知事。入明，洪武二年（1369）以儒士修礼乐书，授吏部主事。洪武十二年（1379）任登州知府，两年后卒于任所。著有《梅雪文集》《使安南集》等，统编为《林登州遗集》二十三卷。

长歌为静山太医李君赠

静山仙人李耳孙，济世善学李少君。
神楼一教妙天下，千载道检流清芬。
世间桐君与竹祖，谁与巅崖苏疾苦。
我时分节向南来，相逢一笑漳江浒。
万金良药双玉壶，刀圭取效疮痏除。
生平心镜澹如水，照人热恼埃尘无。
我欲赠君无长物，抚剑长歌对明月。
东风珍重杏林春，吹作漳南瘴乡雪。

《全元诗》第六十三册，杨镰主编，中华书局2013年版，第30页

次韵杨秉中县尹春日病中述怀

谩道春来好，愁多日更长。看蜗知胜负，听燕识兴亡。
风雨五更梦，云山千里望。浊醪吾尔爱，能涤九回肠。
竹牖春风外，柴门暮雨余。尊无陶令酒，架有邺侯书。

旧业俱荒落，闲愁莫扫除。白头依狗监，惭愧马相如。
海宇开新造，山林起久跧。夔龙时接武，巢许分投闲。
燕乳草生巷，莺啼花满山。临风时一笑，鬓为赋诗斑。
彭泽先归去，湘江后卜居。纫兰谁复佩，种秫自能锄。
老丑慵看镜，穷愁独著书。且须相觅醉，烧笋鲙鲈鱼。
山云白苍莽，江树绿参差。弟妹几时见，家园十载离。
沈腰常减带，潘鬓易成丝。苦听竹枝曲，教人坐石迟。
窗竹晴逾静，庭花暖自开。客闲时共对，邻熟许移栽。
司马元多病，襄阳岂不才。石田与茅屋，归去未荒苔。
抬头逢丧乱，愁绝浣花翁。不道兵尘苦，犹存诗句工。
深春忧肺病，远道愧囊空。待得草堂就，归来老墙东。
南国江山旧，东风红紫新。醉来忘避地，老近怕逢春。
曾是菊松主，还如草莽臣。无穷怀古意，清泪满衣巾。
自笑尘中逐，能存乱后身。春如人渐老，时与物俱新。
每有乘槎意，长怀击壤民。休头书剑在，吾道未全贫。
我本耕耘者，春畴忆种秧。岸低新水上，泥润细苔香。
呼酒柳边店，留诗竹外房。年来清乐少，枯坐学颜忘。

《全元诗》第六十三册，杨镰主编，中华书局2013年版，第35页

次倪孟明集药名之作呈徐梅所座主

结屋常山东复东，雪梅霜菊洞天中。
黄连稻陇雨声歇，白敛松窗云气通。
幕种莲花泛秋水，杯浮竹叶醉春风。
丹砂欲问飞腾术，勾漏何年访葛翁。
药笼兼收芝术无，空淹远志在江湖。
樊笼防已怜鹦鹉，歧路留行厌鹧鸪。
仙去好寻灵枸杞，客来谩笑熳葫芦。
早休知有遗安念，洲上当归种木奴。

《全元诗》第六十三册，杨镰主编，中华书局2013年版，第48页

郑允端

郑允端（1327—1356），字正淑。祖籍鄞县（今属江苏），迁居吴郡（今江苏苏州）。出身于儒学世家，郑氏曾富雄一郡，人称“花轿郑家”。允端颖敏工诗词，嫁同郡施伯仁。至正十六年（1356）张士诚入平江，家为兵所破，后抑郁而终，宗族私谥曰贞懿。由其夫施伯仁编次其遗著成帙，名《肃雍集》。

病起试杖

五十杖于家，我生才三十。抱病忽经年，坐卧少行立。
今朝试信步，动履尚臬兀。扶杖徐徐行，四体得安佚。
信美随所之，始知杖之力。瘦茎无一握，过头恰七尺。
不是江心竹，真乃山中粟。节目多磥磈，纹理较细密。
堪以支病躯，亦可助癯瘠。更当颠危处，扶持深有益。

《全元诗》第六十三册，杨镰主编，中华书局2013年版，第104页

花朝卧病

寂寞虚窗下，支离一病身。空囊依药饵，高枕及芳辰。
庭草多生意，林花解笑人。日怜衰惫感，有此倍伤神。

《全元诗》第六十三册，杨镰主编，中华书局2013年版，第109页

春日病中

卧病南窗下，不知春已深。花枝空照眼，药裹总关心。
短发梳将尽，纤腰瘦不禁。老天如可念，一死起沉吟。
《全元诗》第六十三册，杨镰主编，中华书局2013年版，第109页

卧　痁

秋来多病疟，骨立瘦难支。烦热那能止，曾寒奈尔为。
脾神不自卫，江鬼故相欺。伏枕南窗下，空吟老杜诗。
《全元诗》第六十三册，杨镰主编，中华书局2013年版，第110页

久　病

卧病经年久，奄奄气已昏。形骸同土木，口味减盘餐。
枉信师巫语，空将药物吞。未知垂死者，招得几时魂。
《全元诗》第六十三册，杨镰主编，中华书局2013年版，第111页

病　起

古方无效病来抛，静坐空堂政寂寥。
好鸟自知人意思，飞来窗外语偏饶。
《全元诗》第六十三册，杨镰主编，中华书局2013年版，第116页

病中偶成

自断此生休问天，老身抱病忽经年。
姓名已在鬼录篇，一朝盖棺事始定，
便当归葬南山边。
《全元诗》第六十三册，杨镰主编，中华书局2013年版，第126页

叶　兰

叶兰（生卒年不详），字楚庭，号寓庵，又号醉渔。鄱阳（今属江西）人。至正年间（1341—1367），曾任太常奉礼，寓居江浙一带，时有诗名。明初，以荐招至京师，途中遇难。有《寓庵诗集》二卷，清人史简编入《鄱阳五家集》。

卧病二首其一

卧对北窗晚，庭荫碧树凉。壮怀悲日短，老病觉年长。
药裹新团剂，衣熏旧赐香。还思玉关道，矍铄看斜阳。

《全元诗》第六十三册，杨镰主编，中华书局2013年版，第137页

挽医士刘润芳

老来正赖君医我，今日那知我哭君。
修短百年皆有数，乾坤一梦竟无人。
鄱江城下先生宅，荐福山头处士坟。
回首相思倍惆怅，杏花零落雨纷纷。

《全元诗》第六十三册，杨镰主编，中华书局2013年版，第146页

金 固

金固（1328—1384），字守正，号雪崖。新淦（今属江西）人。自幼敏于学。洪武（1368—1398）初，郡守聘为郡学训导，终年五十七岁。著有《湄湘稿》，未见传。今存由其子金幼孜编的《雪崖先生诗集》五卷。

赠医士王伯江

客有采苓者，人称避世翁。能明六脉诀，多著十全功。
雨砌药苗盛，阳林花树红。丹田未须耨，收谷比年丰。

《全元诗》第六十三册，杨镰主编，中华书局2013年版，第189页

赠医者陈汉卿

君家遥住碧云深，云际离离杏满林。
采药不逢山鬼识，校方常许异人寻。
石屏晓雾看秋色，竹屿凉归爱夕阴。
见说烦疴尽苏息，丹沙久欲化黄金。

《全元诗》第六十三册，杨镰主编，中华书局2013年版，第224页

唐 肃

唐肃（1331—1374），字处敬，号丹崖。越州山阴（今浙江绍兴）人。至正二十二年（1362）举乡试，授杭州黄冈书院山长，迁嘉兴路儒学学正。与谢肃齐名，人称“会稽二肃”。洪武三年（1370）以荐召修礼乐书，擢升应奉翰林文字承事郎、同知制诰，兼国史编修官。终年四十四岁。通经史，兼习阴阳、医卜、术数，著有《丹崖集》八卷。

四明山人采药歌

天台四万八千丈，四明山高殊可仿。
天窗面面开玲珑，只比空青低一掌。
山多药草如蒿莱，种种都是神仙栽。
神仙栽药不自服，要与下士扶衰颓。
山中有人有仙骨，如山求仙得仙术。
九茎灵菌露中收，五粒松脂云裹觅。
山人记药不记名，此病此药通神明。
直须锻炼金鼎熟，世人无病身长生。
身长生，驾鸾凤。来往丹山赤水间，
四明即是蓬莱洞。

《全元诗》第六十四册，杨镰主编，中华书局2013年版，第41页

韩　奕

韩奕（1334—1406），字公望，号蒙庵。祖籍安阳，吴县（今江苏苏州）人。因患目疾，便辞谢人事，长年隐居不出。其父精于医理，郡守以礼致之，不受。常与友人幅巾藜杖出游，卒年七十三岁。

采苍术

西山有灵药，出自山之精。每思资服饵，莫辨叶与茎。
偶逢樵人识，采之中林行。仲夏土既润，嘉苗正敷荣。
濯濯带露滋，翘翘含日英。但惜非其时，根荄未坚贞。
尝读炎黄记，气辛味和平。温中而蠲外，久服身亦轻。
苍白异功用，胡为同一名。后人始区别，物理益以明。
蒸以石火温，洗以泉涧清。济人余岂敢，聊以养余生。
抱镵当再至，尚待秋雨晴。

《全元诗》第六十四册，杨镰主编，中华书局2013年版，第215页

秋日卧病

人事壮方剧，余以老始闻。如何又卧病，清秋空掩关。
竟日亲药品，琴册委窗间。平生故人尽，谁来一怡颜。
慎疾古所戒，气衰力难还。稍动辄有阻，岂但寝食艰。
有形会有尽，行矣归丘山。

《全元诗》第六十四册，杨镰主编，中华书局2013年版，第220页

卧　病

空斋谁作伴，药裹与熏炉。窗午蜂卫集，池寒鹤影孤。
酒缘生病断，书为借人无。应负看梅约，花间倒酒壶。
《全元诗》第六十四册，杨镰主编，中华书局2013年版，第242页

种杏轩为儿医赋

活色生香遍野开，一株只是一人栽。
白头携酒看花者，求药曾经襁褓来。
几世传家颅腮经，儿童争识树林青。
秋来不换仓中谷，自捣金丸贮玉瓶。
百子池头花满枝，香红影裹看儿嬉。
活人何用逃名姓，药价从教女子知。
花开果熟自年年，林下深居自晏然。
莫道阴功无显报，小儿头上有青天。
《全元诗》第六十四册，杨镰主编，中华书局2013年版，第268页

病　中

一春多病苦为惧，折得梅花枕上看。
莫问人生贫与富，老年须是得身安。
《全元诗》第六十四册，杨镰主编，中华书局2013年版，第270页

次韵医家十六咏

处　方

数品凝成剂，千金欲比珍。远宗炎后世，近法汉朝臣。
必中精思遍，全奇出意新。无由臻此妙，空念拯疲民。

制　药

雷公遗法在，药妙在精修。酒浸宜清汁，泉烹忌逆流。

择时将和剂，涤器待珍收。圣济虽余事，犹能遍九州。

劚　苓

秀自松脂结，从根劚始多。鹤巢惊树顶，蚁穴破岩阿。
入地翻仙窟，延年列上科。作糜和蜜饵，不觉疗沉疴。

蒸　术

药性并蒸法，茅山纪旧闻。沸声疑夜雨，浮气蔼春云。
生熟功应异，抽添候自存。谁能穷物理，补录向桐君。

培　橘

忆曾霜后摘，万颗缀如金。井近泉浇易，山灵土养深。
皇言传本草，屈颂著文林。自古仙家术，能兼济世心。

种　杏

一林千百树，夏果结春英。笼贮金丸重，汤浮玉板轻。
虎巡知渐熟，人种喜皆荣。换得盈仓谷，仍堪助养生。

采　芝

五色还三秀，难同众草荣。采和云气润，曝趁日华明。
岩谷资嘉遁，斋房表至诚。人间荤秽物，止可饫蚩氓。

煮　石

花乳与云母，蒸来可食人。松间安几釜，涧底拾荆薪。
入口令无味，轻身似有神。稻粱如可代，应可疗饥民。

艾　筵

采得名山艾，缝囊欲秘储。色欺冠制鹖，样似袋悬鱼。
世漫将萧比，人疑佩臭如。将治七年病，毋惜更赢余。

针　筒

形小如彤管，藏针独妙哉。缝裳谁得借，临砭必亲开。
面识黄金错，身知碧玉裁。莫吟诒我句，仙伯在蓬莱。

药　笼

竹编藏药具，囊箧类同形。密护重铺箬，俱收胜采苓。
节当封缝紫，色映织文青。携向文房去，犹堪贮五经。

丹　炉

太乙名空在，陶工制自精。釜升金液满，火养玉芽生。
窍引飘风发，形将偃月成。借来供煮茗，石鼎沸松声。

著　书

自探兰室秘，亲向药窗编。在术多奇奥，非文莫远传。
药纠储品误，工正众科全。深奥轩岐语，须知出自天。

炼　丹

一垆惟自守，九转候何长。安识浮沉体，仍识沐浴方。
祥光时发艳，熟气暗生香。海上求方士，千年笑汉王。

济　世

莫小刀圭剂，全生信有神。疲癃如切己，恻隐故推仁。
经岁烧丹就，逢春采药频。物民同与意，岂为养吾身。

通　仙

医道通仙道，两家如一川。由来兼济物，不独自长年。
虎迹随闲步，龙方献秘传。曾闻丹鼎熟，鸡犬亦升天。
《全元诗》第六十四册，杨镰主编，中华书局2013年版，第276页

病　齿

白首卧空林，嗟来每独吟。一生尘外想，百事老来心。
秋水连朝积，寒云落日阴。不堪衰朽质，众病日相寻。
《全元诗》第六十四册，杨镰主编，中华书局2013年版，第281页

病中二首

竹乱寒窗影，花浮暖阁香。人嗟岁将尽，我爱日初长。
煨芋分残火，修丹校古方。不因兼老病，未免为人忙。
岁月忙中尽，烟霞物外思。悟来知事错，病起觉身衰。
秋旱租今薄，人迁市每移。五湖春浩荡，谁共白鸥期。
《全元诗》第六十四册，杨镰主编，中华书局2013年版，第284页

九日病中

寥落老来心，偏惊岁月侵。肃霜殊应候，秋雨易成霖。
身病衣先授，情孤酒满斟。意多悲世短，空忆晋人吟。
《全元诗》第六十四册，杨镰主编，中华书局2013年版，第306页

病　中

自入秋来病，身犹不下堂。雨愁连甲子，闰喜两重阳。
窗暗非关雾，林疏不待霜。客来谈笑语，尘虑暂时忘。
《全元诗》第六十四册，杨镰主编，中华书局2013年版，第308页

卧　病

何处早莺啼远林，衡门一病已春深。
岁华流水去朝夕，人事浮云变古今。
故里疏烟桑梓念，郊原寒雨鹡鸰心。
远游已负平生志，白发青山尽日吟。
《全元诗》第六十四册，杨镰主编，中华书局2013年版，第314页

丁鹤年

丁鹤年（1335—1424），字永庚，号友鹤山人。其父马禄丁任武昌达鲁花赤，以其父名丁为姓。元朝末，父官武昌，遂为武昌人。曾祖阿老丁、曾叔祖乌马儿皆为西域巨商，曾以巨财资元世祖，并从军，元朝以功授官，不受。元末为避战乱，寓居庆元路，以教授生徒为业。晚年受两代楚王礼遇。著有诗集《丁鹤年集》四卷。

病　衰

病骨秋增痛，衰容日减华。脸霞怜竹叶，鬓雪妒菱花。
往事嗟何及，归程望转赊。少年歌舞地，此日属谁家。

《全元诗》第六十四册，杨镰主编，中华书局2013年版，第356页

赠医士乐孟杰

越人有至鉴，明德以为基。视疾洞表里，谈笑驱三尸。
神圣不自居，托人饮上池。今人重势利，昼夜营己私。
心志先蛊惑，仁术讵能推。明哲有深诫，弗治为中医。
乐也孝廉士，天锡仁寿资。蚤岁失所怙，长怀罔极悲。
力学岐黄术，百岁奉慈闱。朱颜映华发，和气春熙熙。
因推老老意，遂及亲与知。东邻抱膏肓，西里困疮痍。
刀圭一入口，沉痼忽若遗。乐也无德色，贤声日四驰。
越人久羽化，绪言百世师。今古不二致，乐也其勉之。

《全元诗》第六十四册，杨镰主编，中华书局2013年版，第379页

谢刘伯升愈疾

故人素擅岐黄术，今我兼承管鲍知。
高义百年存古道，沉疴一旦起神医。
杏林春早繁花合，橘井秋深美实垂。
最爱相酬无长物，数篇清绝盛唐诗。

《全元诗》第六十四册，杨镰主编，中华书局2013年版，第404页

张冰溪

张冰溪(生卒年不详)，曾任总管之职。

赠医士

秘方肘后愈沉疴，诊脉端能继叔和。
更效叔微积阴德，不须种杏满林多。

《全元诗》第六十五册，杨镰主编，中华书局2013年版，第49页

邓　赉

邓赉（生卒年不详），字德良，南昌人。

送陈杏林赴潮州医学教授

三千驿路上滩船，九品医官半百年。
药市得钱添月俸，杏林收谷当公田。
北书渐觉江鸿少，南食初尝海鳄鲜。
不用越巫驱瘴疠，家家传取卫生篇。

《全元诗》第六十五册，杨镰主编，中华书局2013年版，第82页

涂雪坡

涂雪坡(生卒年不详)，樵川（福建邵武）人。

齿药短歌

姮娥夜堕玉杵臼，白兔捣碎琼瑶霜。
琼瑶霜，凝异香，丁字桥边授仙方。
孙家老人不识此，口嚼白石情何狂。
骊山君王惜颜色，三十六宫瓠犀白。
渔阳鼙鼓动秋风，一旦唇亡齿何益。
君不见，殷汤盘铭九字刻，此药至今传不得。

《全元诗》第六十五册，杨镰主编，中华书局2013年版，第110页

潘如瑗

潘如瑗(生卒年不详)，宣城（今属安徽）人。

病中怀友

烟霞门巷少人行，吟对清秋鬓雪新。
愁里常中酒圣贤，病来多辨药君臣。
林梢斜日明红叶，池面微风弄白蘋。
惟有山翁最知我，无由缩地漫劳神。

《全元诗》第六十五册，杨镰主编，中华书局2013年版，第191页

方晋明

方晋明(生卒年不详)，字德昭。

病　起

人生百年间，往往如过客。吾生未六十，鬓发早已白。
自持岁寒心，谬比松与柏。卫生乏良药，疾病日侵迫。
天命苟未穷，流年岂终厄。依然冰雪姿，苍苍见颜色。

《全元诗》第六十五册，杨镰主编，中华书局2013年版，第306页

徐履方

徐履方(生卒年不详)，字则闻。

送医学正陈复初归安仁

漂母馈食哀王孙，报与不报非所存。
一餐不得未必死，药饵不时生死分。
我始识君方抱疾，察我病原投药石。
空囊羞涩政怀惭，药里千金君不惜。
爱君质朴无矫情，用心妙处如宋清。
濡毫作传犹未暇，短韵寄情因送行。

《全元诗》第六十五册，杨镰主编，中华书局2013年版，第326页

王　中

王中(生卒年不详)，字懋建。清钱熙彦《元诗选补遗》录其诗三十五首。

病后述怀

杖藜初雨后，试步夕阳时。草绿惊春久，山深得暖迟。
病多因识药，兴短倦题诗。寂寞无人问，平居有所思。

《全元诗》第六十五册，杨镰主编，中华书局2013年版，第342页

岁暮病中感怀

北风吹袂褐衣单，客舍凄清暮雨寒。
酒为病多经月断，愁随日积几时宽。
身闲守道谁云易，世薄安生策最难。
若是沧州可乘兴，扁舟独往坐持竿。

《全元诗》第六十五册，杨镰主编，中华书局2013年版，第345页

参考文献

1.［金］元好问.遗山先生文集［M］.北京：商务印书馆，1937.

2.［金］元好问.中州集［M］.北京：中华书局，1959.

3.［元］许衡.鲁斋遗书［M］.文渊阁四库全书本.

4.［元］王恽.秋涧先生大全文集［M］.文渊阁四库全书本.

5.［元］赵文.青山集［M］.文渊阁四库全书本.

6.［元］刘敏中.中庵先生刘文简公文集［M］.文渊阁四库全书本.

7.［元］方夔.富山遗稿［M］.文渊阁四库全书本.

8.［元］吴澄.吴文正集［M］.文渊阁四库全书本.

9.［元］刘因.静修集［M］.文渊阁四库全书本.

10.［元］艾性夫.剩语［M］.文渊阁四库全书本.

11.［元］杨载.杨仲宏集［M］.文渊阁四库全书本.

12.［元］虞集.道园学古录［M］.文渊阁四库全书本.

13.［元］揭傒斯.揭文安公集［M］.文渊阁四库全书本.

14.［元］袁桷.清容居士集［M］.文渊阁四库全书本.

15.［元］吴师道.吴礼部集［M］.文渊阁四库全书本.

16.［元］王沂.沂滨集［M］.文渊阁四库全书本.

17.［元］许有壬.至正集［M］.文渊阁四库全书本.

18.［元］谢应芳.龟巢稿［M］.文渊阁四库全书本.

19.［元］杨维桢.铁崖古乐府［M］.文渊阁四库全书本.

20.［元］贡师泰.玩斋集［M］.文渊阁四库全书本.

21.［元］释大圭.梦观集［M］.文渊阁四库全书本.

22.［元］叶颙.樵云独唱［M］.文渊阁四库全书本.

23. [元]张昱.可闲老人集[M].文渊阁四库全书本.

24. [元]梁寅.诗演义[M].文渊阁四库全书本.

25. [元]胡奎.斗南老人集[M].文渊阁四库全书本.

26. [元]邓雅.玉笥集[M].文渊阁四库全书本.

27. [元]胡天游.傲轩吟稿[M].文渊阁四库全书本.

28. [元]沈梦麟.花溪集[M].文渊阁四库全书本.

29. [元]陶安.陶学士集[M].文渊阁四库全书本.

30. [元]郭钰.静思集[M].文渊阁四库全书本.

31. [元]乌斯道.春草斋集[M].文渊阁四库全书本.

32. [元]苏天爵.元文类[M].上海:上海古籍出版社,1993.

33. [元]元好问.元好问全集[M].太原:山西人民出版社,1990.

34. [元]王恽.王恽全集汇校[M].杨亮,钟彦飞,点校.北京:中华书局,2013.

35. [元]虞集.虞集全集[M].天津:天津古籍出版社,2007.

36. [元]袁桷.袁桷集校注[M].杨亮,校注.北京:中华书局,2012.

37. [元]吴师道.吴师道集[M].刑新欣,点校.杭州:浙江古籍出版社,2012.

38. [元]杨维桢.杨维桢诗集[M].邹志方,点校.杭州:浙江古籍出版社,1994.

39. [明]宋濂,等.元史[M].北京:中华书局,1976.

40. [明]李时珍.本草纲目[M].北京:人民卫生出版社,1982.

41. [清]顾嗣立.元诗选[M].上海:上海古籍出版社,1993.

42. 薛瑞兆,郭明志.全金诗[M].天津:南开大学出版社,1995.

43. 杨镰.全元诗[M].北京:中华书局,2013.

44. 史兰华.中国传统医学史[M].北京:科学出版社,1992.

45. 杨鑫辉.医心之道——中国传统心理治疗学[M].济南:山东教育出版社,2012.

46. 李经纬,张志斌.中医学思想史[M].长沙:湖南教育出版社,2006.

47. 钱超尘．中国医史人物考[M]．上海：上海科学技术出版社，2016.

48. 严健民．远古中国医学史[M]．北京：中医古籍出版社，2006.

49. 和中浚．图说中医学史[M]．南宁：广西科学技术出版社，2010.

50. 王水香，陈庆元．古典文学与中医学[M]．北京：中国中医药出版社，2017.

51. 郑民，王亭．文学与医学文化[M]．济南：山东大学出版社，2015.

52. 彭崇胜．中医药与中华传统文化[M]．上海：上海交通大学出版社，2017.

53. 陈衍．元诗纪事[M]．上海：上海古籍出版社，1987.

54. 任应秋．中医各家学说[M]．上海：上海科学技术出版社，1980.

55. 李聪甫，刘炳凡．金元四大医家学术思想之研究[M]．北京：人民卫生出版社，1983.

56. 中国医学百科全书编辑委员会．中国医学百科全书[M]．上海：上海科学技术出版社，1987.

57. 何兆雄．中国医德史[M]．上海：上海医科大学出版社，1988.

58. 傅维康．中国医学史[M]．上海：上海中医学院出版社，1990.

59. 甄志亚．中国医学史[M]．北京：人民卫生出版社，1991.

60. 高伟．金元医史类存[M]．兰州：兰州大学出版社，1999.

61. 刘晓林．中医文化与古典文学[M]．长沙：湖南师范大学出版社，1999.

62. 李建民．生命史学——从医疗看中国历史[M]．上海：复旦大学出版社，2008.

63. 李良松，郭洪涛．出入命门——中医文化探津[M]．北京：中国人民大学出版社，2009.

64. 盖建民，何振中．道教医学精义[M]．北京：宗教文化出版社，2014.

65. 赵敏俐，吴思敬．中国诗歌通史·辽金元卷[M]．北京：人民文学出版社,2012.

66. 程千帆.元代文学史[M].武汉:武汉大学出版社,2013.

67. 杨镰.元代文学编年史[M].太原:山西教育出版社,2005.

68. 邓绍基.元代文学史[M].北京:人民文学出版社,1991.

69. 查洪德,李军.元代文学文献学[M].北京:中国社会科学出版社,2002.